EL VAIXELL DE VAPOR

La Roca del Corb

Miquel Fañanàs

Il·lustracions d'Enric Climent

cruïlla

Primera edició: maig de 2004
Sisena edició: agost de 2009

Direcció literària: Montse Ingla Mas
Edició: Josep Pascual Comelles

Balmes, 245 - 08006 Barcelona
editorial@cruilla.com

Comercialitza: CESMA, SA

ISBN: 978- 84-661-0910-9
DL: M-34.035-2009
Imprès a Espanya / *Printed in Spain*
Impremta Gohegraf Industrias Gráficas, S.L

Per a l'Esther i la Marta

Aquesta història està basada en uns fets reals

L'ESTER va agafar ben fort la mà de l'avi i plegats varen començar a pujar el petit caminoi que conduïa a l'esplanada de Can Vinyes. Havien deixat el cotxe a l'aparcament del camp de futbol, però des d'allí calia fer el trajecte a peu fins a arribar al seu objectiu: la Roca del Corb, un promontori situat dalt de la muntanya, a l'est del poble, un lloc més aviat ferèstec, ple de matolls espinosos, alguna alzina i molta roca arreu de la carena.

En Joan Regencós feia temps, anys de fet, que desitjava fer aquella excursió, però no havia gosat portar-hi la néta fins que aquesta tingués l'edat suficient per fer la pujada a peu. Ara, amb vuit anys complerts i una gran il·lusió per qualsevol expectativa de novetat o d'aventura, l'Ester era l'acompanyant ideal. No es cansava, tenia curiositat per les coses que l'envoltaven, la interessava la natura, coneixia el nom dels arbres i de les flors i, per damunt de tot, sentia una autèntica devoció pel seu avi. Ell sempre li tenia atencions, li feia regals no solament quan tocava, és a dir, pel tió, per

Reis, pel seu sant o aniversari, sinó també per la festa major del poble o perquè trobava un objecte en qualsevol botiga que estava segur que li agradaria. També se l'enduia al cinema a veure les estrenes de la Disney o a les atraccions que instal·laven per les festes del poble. Hi anaven sols i s'ho passaven d'allò més bé perquè entre ells havia sorgit un sòlid lligam d'afectes compartits. Quan l'avi li va proposar d'acompanyar-lo fins allà dalt, l'Ester no s'ho va pensar dues vegades i va acceptar encantada.

–Esteu bojos! –havia bramat la senyora Margarida, la mare de l'Ester.

Al capdavall, però, la dona estava prou satisfeta veient com s'avenien. L'home va assegurar-li que sortint d'hora, a les nou del matí, hi havia prou temps per arribar dalt del cim, tornar a baixar i ser a casa abans de les dotze del migdia, l'hora del vermut dominical.

–Tant me fa el vermut, pel que jo pateixo és per l'arròs, que segur que estarà ben pastat quan torneu.

–No pateixis, mare –va fer la nena.

I varen sortir de la casa a les nou en punt del matí d'aquell diumenge assolellat, vestits amb roba d'esport, calçats amb sabates de muntanya i l'esmorzar a la motxilla.

En arribar a Can Vinyes es varen aturar una estona a descansar. A partir d'aquell punt calia anar més amb compte perquè hi havia un camí més costerut i el fet de no haver-se utilitzat en molts anys feia que els marges s'haguessin omplert d'herbes, matolls i, fins i tot, d'algunes ortigues que calia separar amb un bastó. Can Vinyes era, de fet, un munt de runa d'allò que anys abans havia estat una casa de pagès que havia tingut no solament unes feixes per conrear sinó també algunes vaques de llet. Ara els antics camps eren coberts d'argelagues, i de les velles quadres del bestiar no en quedava res. Només els murs de l'antiga masia eren dempeus com a mostra que dins aquelles parets hi havia hagut vida. Abans de continuar fent camí, en Joan Regencós va explicar a la seva néta la història d'aquelles pedres que tenien davant seu.

–Jo sempre he vist aquestes ruïnes si fa no fa com són ara, però fa molts i molts anys aquestes parets que veus aquí davant varen aguantar una casa molt gran. Hi vivia la família Vinyes, l'home, la dona i els dos fills. Era gent molt pobra. De fet ho era tant, de pobra, que encara pel poble es diu allò de «passar més gana que a Can Vinyes».

–Sí, suposo que és per això que la mare, quan em renya perquè no m'acabo el menjar que m'ha posat al plat, em diu allò de: «A Can Vinyes hauries d'haver estat!»

–Això mateix. Els Vinyes eren pobres perquè les terres no eren productives. Sense aigua per poder regar, a les feixes només hi creixien els naps i les cols i poca cosa més. Tenien les vaques que feien llet, però varen agafar una passa molt dolenta i es varen morir totes. Per completar les desgràcies, el fill gran dels Vinyes, l'Alfons, va emmalaltir, segons sembla víctima d'un virus d'origen desconegut que li va afectar el fetge, i va morir sense temps de portar-lo a l'hospital. Aleshores el matrimoni va optar per abandonar les terres i el mas i anar-se'n ben lluny d'aquests verals i també del poble on havien nascut. Alguns diuen que es varen instal·lar a la capital, on l'home i el noi varen poder trobar feina en una fàbrica de rajols, però d'altres afirmen que tots tres varen emigrar a l'Argentina, on s'instal·laren en una finca agrícola del sud del país. El cert és que ningú va saber mai més res d'ells i, amb el temps, el mas es va anar deteriorant, la malesa va envair la casa i, per acabar-ho d'adobar, un dia va caure un llamp i va provocar un incendi que va deixar-ho tot en les ruïnes que ara pots veure. Tot plegat, ja ho veus, una història ben desgraciada que avui tenen aquestes restes com a muts testimonis d'una vida de misèria i de privacions. Però, bé, em sembla que m'estic enrotllant massa com dieu vosaltres, així que serà millor que continuem cap amunt.

El camí que partia de les ruïnes de la casa cap al cim era molt angost i sovint difícil de veure per la brossa i els arbusts, així que en Joan Regencós va passar al davant obrint pas i la nena el seguia darrere, gairebé arrapada al cinturó dels seus pantalons. Tot i ser d'hora, el sol ja feia estona que s'havia llevat i ara començava a fer-se sentir amb autoritat. La nena guaitava a banda i banda del caminoi perquè li feia por trobar-se amb alguna serp, tot i que l'avi ja li havia dit que no era fàcil de veure'n cap i que, si per alguna casualitat ensopegaven amb algun escurçó, segurament tindria més por la bestiola que no pas ells i fugiria immediatament. L'Ester tenia confiança cega en el seu avi ja que normalment sempre solia tenir raó, però tot i això no li feia cap gràcia la idea d'ensopegar amb aquestes bestioles del bosc que li feien tant de fàstic.

–Gairebé ja hi som.

Eren paraules per tranquil·litzar la néta, que intuïa preocupada, però alhora constataven la realitat de l'aproximació al cim. Al capdamunt varen trobar unes branques d'arbre caigudes al mig del camí, que va caldre separar per deixar pas lliure, i això els va provocar les primeres gotes de suor del dia. Passat aquell entrebanc, hi havia un desnivell rocós que fou necessari salvar amb un esforç addicional i a partir d'allí unes roques planes substituïen el paisatge de matolls. Amb la nena sempre darrere les cames de l'avi, arribaren finalment a una mena d'esplanada rocosa que coronava el promontori que tothom coneixia com la Roca del Corb.

Cansats per la caminada i suats per l'esforç dut a terme en els darrers metres, varen seure en una roca plana. L'avi de l'Ester va obrir la motxilla, va treure les ampolles d'aigua, els entrepans de pernil i les pomes.

–Ara toca esmorzar!

Però l'Ester ja havia començat. Sempre tenia gana aquella nena i això era bo, va pensar. En Joan Regencós n'estava molt, d'aquella néta, no només perquè era l'única que tenia, sinó perquè era una noieta desperta, valenta, espavilada i, per damunt de tot, afectuosa, molt afectuosa. Es varen menjar els entrepans en silenci, contemplant des d'aquella posició privilegiada el paisatge que tenien als seus peus: la vall ara solana amb el poblet de Sant Vicenç de Pujals al mig, l'ermita de Santa Brígida a l'esquerra, el massís de Rocacorba molt al fons. Era una bona vista i des d'allí fins i tot semblava un paratge idíl·lic, però en Joan Regencós sabia prou bé que no ho era gens ni mica. Les condicions geogràfiques, el fet d'estar enclotat al mig de la vall, feien que el poble fos molt fred i humit a l'hivern i molt calorós a l'estiu i, probablement per aquestes circumstàncies, o pel fet d'una mala sort històrica, el cert era que Sant Vicenç de Pujals no havia progressat econòmicament. L'agricultura i la ramaderia anaven fent la viu-viu amb més dificultats que privilegis i la indústria, generadora de llocs de treball segurs, mai no havia tingut una presència notable al poble, excepció feta de la fàbrica d'embotits d'en Sebastià Roig, però tot i que els seus productes eren molt apreciats, particularment la seva coneguda llonganissa Roig, no deixava de ser una indústria artesana que donava feina a poc més d'una dotzena de veïns.

La conseqüència de tot plegat era un èxode important de joves que sortien del poble per anar a estudiar a la universitat i que ja no tornaven o pagesos que es venien les terres i les propietats i també anaven a cercar oportunitats de feina estable a les fàbriques tèxtils que s'havien instal·lat feia poc temps a la ciutat. Ell no va voler marxar mai del poble. Tot i que moltes vegades n'havia tingut ganes i ocasions, mai no va voler començar una nova vida lluny d'aquelles terres on havia nascut i on havien crescut els seus fills. Es va quedar i la seva filla, la Margarida Regencós, que es va casar amb aquell bonàs d'en Dionís, també es va voler quedar. I, ara com ara, la néta també semblava estar-hi bé tot i que d'aquí a uns quants anys, quan comencés d'anar a l'institut, probablement la cosa es torcés i li vingués la mateixa dèria d'anar-se'n que abans havien tingut tants joves que descobrien l'existència d'una vida nova més enllà de la vall, dinàmica, intensa i, probablement, més divertida, tot i que sovint amb un futur més incert. L'Ester no tenia encara aquella edat en què els dubtes de la pubertat senyoregen les ments adolescents, però el seu avi sabia que, inevitablement, arribaria un moment que ella voldria volar sola, desitjaria cercar nous horitzons lluny d'aquelles muntanyes que envoltaven el poble i que, probablement, el temps faria desaparèixer bona part d'aquell afecte gairebé màgic que hi havia entre tots dos.

–Joan, jo ja he acabat.

Molt sovint anomenava el seu avi pel nom de pila i això a l'home li agradava perquè no el feia sentir tan gran.

–Doncs jo encara no. A més, abans de tornar a casa vull comprovar una cosa.

–Ja m'ho pensava que no havíem pujat aquí dalt per menjar-nos un entrepà. Sabia que en portaves una de cap. Què vols veure?

Però en lloc de tornar-li resposta, en Joan Regencós va endreçar les restes de l'entrepà a la bossa i es va posar a caminar pel cim de la roca. La nena el va imitar i el va seguir.

–Vés molt amb compte, Ester. Posa't darrere meu i no et separis. Per aquí hi ha d'haver un forat molt profund i molt perillós.

I va continuar resseguint el cim de la muntanya, que ara les argelagues cobrien en bona part, la qual cosa feia que en Joan Regencós adoptés mesures de precaució ja que el forat anunciat podia estar tapat pels arbusts. La nena sabia prou bé que el seu avi no feia broma i s'agafava amb força al cinturó dels pantalons de l'home, que cada vegada caminava amb més cautela, com si tingués por d'ensopegar amb un perill imminent. De sobte, es va aturar i, assenyalant amb el bastó, va dir:

–És aquí.

Va apartar els arbusts que cobrien bona part de la roca i davant els seus ulls va aparèixer un forat d'un metre de diàmetre, com una mena de pou natural enmig del rocall. L'Ester s'hi va atansar, volia saber què era allò que tant interessava l'avi, però el crit de l'home la va espantar.

–No t'hi acostis! Es perillós, molt perillós!

Poques vegades l'havia vist tan agitat com aquell dia al costat del forat negre de la Roca del Corb. La nena va intuir immediatament que el seu avi coneixia alguna cosa relacionada amb aquell pou obert a la roca i això devia provocar-li aquell estat d'ànim que no recordava haver-li vist mai.

–Per què ho dius, que és perillós? Què en saps, d'aquest lloc? Hem pujat aquí dalt per aquest forat, oi? El volies veure, volies comprovar que hi era. Avi...

La nena tenia raó. Feia anys que estava obsessionat a pujar allí dalt. L'Ester era molt espavilada, no se li escapava res.

–Tens raó. I si et dic que és molt perillós no és per fer-te por sinó perquè va ser en aquest lloc, justament aquí mateix, on varen començar aquells fets dramàtics que van convulsionar tot el poble de Sant Vicenç de Pujals durant set llargs dies de juliol. Apartem-nos, però, i anem a asseure'ns en aquella roca. Estarem millor.

I va ser aleshores, asseguts en un pedrís força còmode, quan l'avi Joan Regencós va explicar a la seva néta Ester la història d'aquells set dies que els habitants de Sant Vicenç de Pujals varen viure amb l'ai al cor i que varen tenir com a protagonistes tres nens i dues nenes que decidiren jugar a ser exploradors un diumenge molt calorós d'aquell llunyà estiu del 1956.

Primer dia
Diumenge

ERA UN DIUMENGE especialment calorós. La gent del poble cercava les ombres dels porxos en els seus desplaçaments per anar a comprar el pa o, fins i tot, per atansar-se a l'església parroquial per a la missa de dotze. Però, de carrers porxats, n'hi havia pocs i les elevades temperatures feien repetir el mateix comentari:

–Avui el sol pica de valent!

Efectivament, el sol picava, però això no semblava importar gaire a una colla de joves amics que incorporava justament la calor de l'estiu en els seus jocs festius. El grupet el formaven: l'Enric de Can Rustei, un xicot de tretze anys, fill petit d'una família de pagès que tenia plantacions d'avellaners; l'Àngela, una noieta gairebé de la mateixa edat que l'Enric, sempre activa i riallera; en Narcís, un any més petit, de galtes més aviat grassonetes com correspon al fet de ser fill del pastisser del poble; en Joan, fill del carter, alt i prim, de dotze anys, tot i que sempre deia que en tenia tretze de fets; i finalment la Maria, la més petita de la colla, a punt de fer-ne deu i que, malgrat ser la menuda, sovint era la que portava la veu cantant en moltes de les iniciatives i jocs que tenien com a escenaris naturals no solament el poble sinó també els camps i els boscos de les rodalies. Durant el curs escolar, tots tenien prou feina amb els estudis i també ajudant en les feines de casa, però quan arribava l'estiu les trobades eren diàries i l'amistat s'anava afermant entre ells mentre jugaven a cuit i amagar sota els avellaners dels pares de l'Enric o s'inventaven històries que sovint tenien com a fantasies els desigs llunyans d'una ciutat, Barcelona, que cap d'ells no havia visitat mai.

Aquell juliol del 56 no semblava que hagués de ser diferent del de l'any anterior, però cap de la colla podia sospitar que l'adversitat s'aliaria amb la imprudència i el destí faria de les seves.

Cadascú a casa seva s'havia llevat d'hora, havia esmorzat, i cap a les onze del matí ja eren a la plaça fent temps perquè alguns havien d'anar a missa de dotze. L'Àngela, en Narcís i la Maria acompanyaven els seus pares a l'església, però l'Enric i en Joan s'ho estalviaven ja que a casa seva no eren gent «de missa». Fos com fos, però, els cinc es trobaven a la sortida de l'església i mentre els grans solien anar uns cap al cafè de dalt, a Can Juli, i d'altres al cafè de baix, a Can Panosa, per fer-la petar mentre prenien el vermut, ells s'adreçaven invariablement cap al camp de futbol, on sempre solia haver-hi algú jugant a pilota.

–A les dues a casa, eh! –recordaven els pares.

Els nens assentien mentre corrien cap a la riera, travessaven la passera i ja eren al camp de futbol, lloc que trobaven prou més divertit que les avorrides xerrades de cafè. I allí, mentre veien com els altres jugaven a pilota, ells també parlaven de les seves coses, s'explicaven tot allò que no deien a casa, obrien els seus cors a la voluntat compartida de l'amistat.

–La meva mare està molt amoïnada pel que li pugui passar al meu germà gran –va explicar l'Enric als seus amics.

–I què li ha passat al teu germà? –va voler saber la petita Maria.

–Doncs que l'ha detingut la policia, els «grisos» ha dit la mare. El meu germà estudia a la Universitat de Barcelona i sembla que ha participat en un acte de protesta o alguna cosa així.

–Òndia! –va exclamar la Maria–, i què li faran?

–I jo què sé! –Amb aquesta exclamació l'Enric va voler donar per acabada l'explicació sobre els problemes del seu germà.

–Però aquests grisos qui són? És la guàrdia civil? –va preguntar en Narcís.

–No són la guàrdia civil, ignorant. Són... són... pitjors!

I dit això es va afegir als altres que estaven xutant una pilota amb més afecció que traça, donant per acabat així definitivament el tema. A tres quarts i cinc de dues tots cinc varen abandonar el camp i retornaren al poble per tal de poder ser a l'hora en punt a taula. Arribar més tard volia dir fer enfadar innecessàriament els pares amb el corresponent risc de ser castigats a no sortir durant tota la tarda del diumenge.

Havien quedat de trobar-se a les quatre de la tarda a la placeta de Sant Miquel i un cop allí ja decidirien què fer. A Sant Vicenç, la tarda del diumenge els homes la passaven jugant a cartes al cafè, ja fos al de dalt o al de baix segons les preferències de cadascú, les dones es quedaven a casa i aprofitaven el temps per endreçar la roba, cosir o planxar, mentre que la mainada que no anava al casal parroquial solia passar la tarda jugant pels carrers del poble, entraven als horts aliens o s'arribaven fins a la font picant, des d'on contemplaven durant bones estones les maniobres que feien les màquines de tren. Dels cinc de la colla només a en Narcís i la Maria els obligaven a anar a les sessions del casal, però aquell diumenge varen fer campana, atrets per la proposta que els havia anunciat l'Enric abans d'acomiadar-se aquell matí al camp de futbol.

–I doncs? Quina és la teva proposta per a aquesta tarda? –li va engegar en Narcís tan bon punt es varen trobar a la placeta–. M'he empescat una excusa por no anar aquesta tarda al casal i ja saps que mossèn Miquel té molt males puces.

–Si, ja ho sé –va contestar l'Enric–. El meu pare sempre diu que el mossèn té la culpa de moltes de les coses dolentes que han passat en aquest poble.

–Jo això no ho sé, però el que us puc dir és que

a la més petita venta un mastegot sense cap motiu al primer que troba. Es posa a cridar que som uns esvalotats, que no som capaços d'estar-nos quiets i comença a fotre cops de bastó a tort i a dret.

–Podem deixar el mossèn de banda? –L'Àngela semblava impacientar-se.– Quina és la teva proposta?

L'Enric es va repenjar una estona a la paret de pedra de la font de la placeta. Era el més gran de la colla i allò li conferia una mena d'autoritat sobre els altres, que ara seien al seu voltant expectants, encuriosits. Finalment, ho va deixar anar.

–La meva proposta és pujar al cim de la Roca del Corb.

Ningú de la colla s'ho esperava. La proposta els va agafar per sorpresa i varen trigar una bona estona a reaccionar.

–Que t'has begut l'enteniment? Saps quant trigarem per arribar allí dalt? –La pregunta de l'Àngela era, de fet, la mateixa que s'estaven fent tots.

–Una hora. Una hora i deu com a molt. Si ens afanyem, hi arribarem a les cinc o a un quart de sis. Podem berenar allí dalt. Suposo que porteu el berenar, oi?

–Jo sí, però què hi farem allí quan hi arribem?

La lògica de la pregunta d'en Narcís va provocar gestos d'assentiment, però l'Enric ja tenia la resposta preparada.

–Explorarem les coves. Oi que no hem de ser a casa fins a les nou del vespre? Doncs si comptem que tenim una hora de camí per baixar, ens queden tres hores ben bones per entrar a la cova que hi ha dalt la muntanya i veure què hi trobem.

–Però no en sabem res, d'aquestes coves, ni tan sols si veritablement hi són.

En Narcís seguia en la seva línia pràctica, però aquell dia l'Enric semblava tenir totes les respostes a punt.

–Sí que hi són. Una vegada en vaig sentir a parlar a un grup d'homes mentre jugaven a la botifarra al cafè de baix. Uns deien que durant la guerra civil podien haver servit de refugi i d'altres que allí dins s'hi havien amagat armes.

Aquella revelació va fer obrir els ulls als altres quatre. Tenien per endavant un bon tros de camí de pujada, però les perspectives d'aventura eren massa suculentes per rebutjar la idea de l'Enric.

–Som-hi? –va preguntar l'Enric.

–Som-hi! –varen cridar els altres en una sola veu.

I es varen posar a caminar ben decidits a iniciar aquella nova aventura que prometia l'al·licient afegit de poder explorar un territori desconegut.

Varen iniciar la pujada a pas lleuger per tal de guanyar el temps que havien perdut discutint a la font de la placeta de Sant Miquel. Travessaren la riera i agafaren el camí de l'ermita de Santa Brígida, però en arribar a l'altura del mas Rebrot es decantaren cap a l'esquerra per un caminoi més angost, fins que els cinc, esbufegant de cansament, s'aturaren per descansar una estona a l'esplanada de davant les ruïnes de l'antiga masia de Can Vinyes.

–Això és Can Vinyes? –va preguntar en Narcís.

Com als altres, a en Narcís també li deien allò de «a Can Vinyes hauries d'haver estat» quan deixava alguna cosa al plat, però la veritat era que d'aquella casa només n'havia vist les parets que emergien per damunt les bardisses del bosc, però mai hi havia estat tan a prop.

–Sí, això és Can Vinyes –va contestar-li l'Enric–. Sembla que fa uns quants anys que està abandonada, abans fins i tot que hi caigués un llamp, la cremés i la convertís en aquestes ruïnes. Bé, ja hem descansat prou. Ens queda un quart d'hora de camí però ara ve el tros més dur.

L'Enric era qui millor coneixia aquella part de la muntanya. Els seus pares, a banda dels conills i les gallines, també tenien quatre vaques que treien diàriament a pasturar, feina en la qual ell i els seus germans s'anaven rellevant. A mesura que es feien grans, però, els seus germans anaven a treballar o estudiar fora del poble i, per tant, cada vegada li tocava més sovint la feina d'engegar el bestiar. Quan era el seu torn, es llevava a les sis del matí, portava les vaques cap a la banda de la muntanya on hi havia pastura, deixava solts els animals i ell es dedicava a fer-se canuts amb canyes que treia de la riera, s'entrenava a llançar pedres fent punteria a un arbre o, moltes vegades, es feia un jaç i s'entretenia somiant despert. És clar que de vegades es quedava adormit de debò i quan es despertava s'adonava que les vaques havien fet molt camí tot pasturant i aleshores tenia treballs per tornar-les a la cort. Tot plegat, però, feia que conegués prou bé aquells verals i aquest coneixement li donava prou autoritat per manar el grup.

El tram final era, efectivament, difícil de fer a peu i en més d'una ocasió va caldre ajudar-se els uns als altres per tal de salvar desnivells força pronunciats. Finalment, però, els cinc arribaren al cim, cansats per l'esforç però contents per haver-ho aconseguit. Des de baix semblava que la Roca del Corb era un pic escanyolit, però una vegada dalt varen poder comprovar que no només tenia una amplada considerable sinó que l'esplanada rocosa s'estenia serpentejant fins a perdre's en una zona boscosa més enllà de la qual s'entrellucava la serralada dels Tres Rocs.

–On són les coves?

S'havien assegut en el pedregar, però la Maria havia estat la primera d'alçar-se, decidida a iniciar l'exploració promesa.

Certament, a primer cop d'ull no es veia cap obertura a la roca, cap forat, cap cova.

–No ho sé, noia. L'entrada deu ser en algun lloc, segur que tapada pels arbusts.

Dient això, l'Enric també s'incorporà disposat a trobar l'entrada d'aquella cova. El seu prestigi com a líder del grup estava en joc.

Amb l'ajuda d'un bastó va anar apartant les ortigues i les argelagues que creixien entre les roques i, anant amb compte, separava també els arbusts que podien amagar l'entrada de la cova. Els altres s'impacientaven cada vegada més i darrere seu sentia les veus dels amics desaprovant.

–No sé per què t'hem fet cas. Sempre ens fas el mateix, ens dius que això o allò serà genial, et seguim i quedem ben fotuts, perquè de tot el que ens havies dit, res de res. Després tu, és clar, et disculpes, ens dius que...

–Calla! És aquí!

L'Àngela va callar i tots els altres s'acostaren a l'Enric, que ara assenyalava un forat que s'obria just davant els seus peus, mig tapat pel bardissar. Era una obertura d'un metre de diàmetre aproximadament i no semblava gaire profund ja que des d'allí es podia veure el fons.

–És molt fosc –va dir la Maria.

–I ens podem perdre –va afegir en Joan.

En Narcís i l'Àngela no varen fer cap comentari, però contemplaven el forat negre que tenien davant seu amb cara de pocs amics. Aleshores l'Enric va treure el seu geni de pagès.

–Hem vingut fins ací dalt per explorar la cova, oi? O és que teniu por, gallinetes?

Silenci a la colla. L'Enric va considerar que calia un gest per acabar de convèncer els seus amics de baixar i es va treure una lot que havia dut dins la motxilla.

–No us preocupeu. Vaig preparat per explorar coves profundes –va dir, tot assenyalant la llanterna que havia agafat de casa seva abans de marxar–. Jo aniré davant i vosaltres em seguiu. D'acord?

I així fou com amb més por que seny els altres quatre varen seguir l'Enric, que obria pas amb la llum d'aquella vella lot que solia utilitzar per entrar a la cort de les vaques. Varen baixar el pendent de rodolons i, un cop varen ser a baix, varen comprovar que la cova s'engrandia fins a tal punt que ja no tenien necessitat d'ajupir-se. Seguint el llum de l'Enric i tots agafats l'un amb l'altre, varen anar resseguint el camí de la cova fins a trobar una mena de cruïlla, varen tombar a l'esquerra seguint ara un caminoi més ample que els va portar fins a una estança més espaiosa i des d'allí continuaren caminant, ara a la dreta, ara a l'esquerra. De tant en tant, l'Enric il·luminava el terra amb el llum per tal d'evitar alguna ensopegada i preguntava als seus amics del darrere si anaven seguint, a la qual cosa tots responien afirmativament, però amb un repicar de dents que no era, justament, provocat pel fred. Aleshores, el cap de colla solia donar-los ànims.

–És impressionant la cova, oi? Potser trobarem alguna cosa important i encara ens felicitaran pel nostre descobriment.

Però les seves paraules d'ànim no trobaven gaire bona acollida entre els companys d'aventura, que no obstant això no gosaven contradir el seu cap. Varen continuar caminant i resseguint passadissos rocosos fins que arribaren en una mena de sortint on s'assegueren, cansats i força desorientats. La Maria, la petita de la colla, va trencar el silenci, amb un toc d'atenció.

–Em sembla que hauríem de tornar.

A en Narcís li va sortir sense voler un riure ner-

viós i va dir que si tenia por ja se'n podia tornar tota sola. Els altres li varen fer costat i, lluny de recular, varen continuar caminant seguint sempre el llum del davant, que il·luminava pedres i més pedres, fins que l'Enric es va aturar, va enfocar la Maria amb la llanterna i en veure la cara d'espant de la nena es va decidir.

–Tornem –va dir amb convenciment i autoritat.

La tornada, però, ja no va ser tan fàcil. Varen agafar una direcció equivocada, varen trencar per un passadís diferent, varen recular, varen avançar, però en lloc de tornar al lloc d'origen, s'endinsaven cada vegada més en aquell laberint de roca. Espantats, varen adonar-se que s'havien perdut i que com més apressaven el pas més desorientats estaven. Varen cridar auxili, varen xisclar, però en la profunditat de la penya ningú no els podia sentir. Alguns varen començar a plorar.

ELS DIUMENGES la gent de Sant Vicenç de Pujals sol sopar puntualment a les nou del vespre. Tota la mainada del poble coneix perfectament aquesta norma no escrita i mai s'incompleix fora que hi hagi alguna causa molt raonada. Els pares de la Maria varen expressar el seu enuig quan passaven deu minuts de l'hora i la nena encara no havia arribat, però quan el retard ja superava els trenta minuts es varen començar a amoïnar de debò. No era gens normal que la Maria trigués tant. De fet, en els darrers mesos només una vegada va arribar mitja hora més tard, però tot i així uns veïns varen avisar-los que la nena era a casa seva jugant. A les deu del vespre, la senyora Antònia va tenir un mal pressentiment.

–Ai, Nicolau, que a la nostra Maria li deu haver passat alguna cosa. Mira que li he dit vegades que no vagi amb aquella colla de l'Enric, però ella és com tu, tossuda!

–No t'amoïnis, dona, ja veuràs com no li haurà passat res. No hi pateixis, segur que deuen estar jugant a la zona de la font picant amb aquella colla d'amics seus i se'ls haurà fet tard sense adonar-se'n. Si vols m'arribo fins a casa del carter i així sabrem si en Joan ha tornat o no. I si la trobo allí, aquesta vegada la Maria em sentirà.

–Sí, sí, arriba-t'hi, a veure què et diuen.

La casa del senyor Florenci Folgueroles, el carter del poble, era molt a prop, just al costat de la carnisseria. Quan va arribar-hi, es va trobar els pares d'en Joan també molt amoïnats perquè no tenien notícies del seu fill.

–Així que la Maria tampoc ha tornat a casa? –va preguntar la senyora Folgueroles–. Això no m'agrada gens. Amb qui anaven?

–Doncs amb els mateixos de sempre, l'Enric de Can Rustei, el fill del pastisser Puigdemont, en Narcís, i segur que també hi ha l'Àngela de Can Vila.

–Deixem-nos de romanços –va dir el senyor Folgueroles–. Anem a les altres cases.

Tot i que les relacions entre algunes de les cinc famílies no eren gaire bones ja que algunes de les seqüeles de la Guerra Civil encara eren presents en el record de moltes cases, en aquell moment la preocupació pels fills pesava molt més que les rancúnies del passat. En la memòria de tots encara eren ben presents els drames de la guerra que s'havien viscut al poble. Quan el 18 de juliol del 36, la ràdio va donar la notícia de l'aixecament militar de Franco contra el govern de la República, els enfrontaments entre veïns de dretes i d'esquerres que fins aleshores no havien anat més enllà d'alguns insults a banda i banda de la plaça major, es varen convertir de sobte en autèntiques agressions físiques que varen culminar en l'intent –sortosament fallit– de cremar l'església. Aquell fet, però, va precipitar la fugida cap a França d'algunes famílies que se sentien amenaçades per grups d'exaltats sindicalistes de la FAI pel sol fet de tenir profunds sentiments religiosos o per ser propietaris d'envejables camps de conreu. Acabada la guerra, aquesta gent va tornar, va recuperar les propietats i alguns es varen revenjar denunciant els que consideraven culpables dels seus mals. Sis veïns del poble que no varen voler agafar el camí de l'exili com tants d'altres, foren executats sense judici previ a la mateixa paret del cementiri i una cinquantena més foren obligats a treballar durant mesos en la reconstrucció d'un pont que les bombes havien enderrocat. Acabades les obres, aquests cinquanta veïns pogueren tornar a casa seva, però les duríssimes condicions de treball que havien patit els havien causat problemes de salut que haurien d'arrossegar tota la vida. El pare de l'Enric sostenia que en Nicolau, pare de la Maria, aliat des de primera hora de l'exèrcit guanyador, havia estat un dels responsables d'aquests treballs forçats i també que alguns veïns haguessin hagut d'anar a presó pel sol fet de ser del bàndol perdedor. Al febrer de 1939, mentre a en Nicolau el nomenaven nou alcalde del poble, càrrec que va exercir fins al mes de març de l'any següent, el pare de l'Enric havia de passar la frontera perquè l'acusaven d'haver estat un dels elements més actius del comitè revolucionari. Al cap d'un any, mercès a la intercessió del bisbe, el senyor Sala va poder tornar al país, però els vencedors, entre ells en Nicolau, no li perdonaven la seva arrogància i varen fer mans i mànigues perquè no pogués entrar a treballar a la planta embotelladora d'aigua que s'acabava d'instal·lar al poble, aplicant allò que s'anomenà «pacte de la fam». Sortosament, aquell mateix any conegué la pubilla de Can Rustei, s'hi va casar i se'n va anar a viure al mas, on va treballar a les plantacions d'avellaners. A poc a poc, les ferides es varen anar curant en la solitud dels masos, el poble va recobrar una certa normalitat i aquell antic torner va anar aprenent l'ofici dur i sacrificat de pagès.

–Què voleu? –els va engegar tan bon punt els va obrir la porta.

Li varen explicar que estaven amoïnats perquè els seus fills no havien arribat a casa i volien saber si l'Enric havia tornat.

–Doncs no, no hi és, a casa, el meu fill, però no tinc aquestes manies petit burgeses que teniu vosaltres amb l'hora de tornar i tots aquests romanços.

Varen fer com si no l'haguessin sentit. Era millor no començar altra vegada una discussió absurda d'estrany rerefons ideològic. La senyora Folgueroles va parlar pels dos.

–Els nostres fills han anat plegats a vés a saber on i no han tornat. Estic segura que els ha passat alguna cosa. Ens acompanya a casa dels pares d'en Narcís i de l'Àngela? Si els seus fills són a casa, sabrem què ha passat però si no hi són...

–Anem.

Els tres amoïnats pares varen anar primer a casa d'en Narcís amb el mateix resultat de la manca de notícies sobre els nois i això mateix es va repetir quan varen trucar a la porta dels pares de l'Àngela. Aleshores, tots varen prendre consciència que aquella absència no era gens normal i la preocupació inicial es va anar convertint en una sèrie de reaccions més o menys histèriques.

–Ho sabia! Sabia que anant amb aquell carallot de l'Enric algun dia n'havia de passar alguna! –cridava entre plors la senyora Folgueroles.

–Mira, Remei, val més que et calmis i no comencis el teu reguitzell d'insults contra el meu fill.

–Em sembla que serà millor que ens espavilem i els comencem a buscar en lloc de perdre el temps amb discussions.

El senyor Puigdemont era un home pràctic. Ja

fos per la seva professió de pastisser o per l'educació rebuda, el fet és que anava per feina. A més, no li agradaven gens les discussions i menys per qüestions que sovint distreien l'interès principal com desgraciadament solia passar. Ell n'havia tingut massa, de raons, havia sentit massa crits a la seva vida perquè ara, davant d'un problema que requeria la màxima atenció, es produís una distracció fútil. Quan va posar aquella pastisseria en els baixos de casa seva, es va discutir molt i molt fort amb les autoritats municipals, que no volien donar-li el permís per obrir al·legant excuses tan peregrines com les possibles molèsties als veïns, quan, de fet, els únics veïns que hi havia aleshores eren els de la casa del seu germà. En el fons, la negativa de l'Ajuntament tenia més a veure amb les seves reconegudes simpaties pel bàndol que havia perdut la guerra que no amb les qüestions legals que esgrimien per no donar-li autorització. En Josep Puigdemont no havia anat al front ja que el varen declarar inútil per al servei a causa de la seva aguda miopia, però al poble tots es coneixien i tothom sabia de les seves afinitats polítiques i que el seu vot a les eleccions municipals del 34 va anar cap a la candidatura que va presentar a Sant Vicenç de Pujals una coalició d'esquerres. Finalment, és clar, la seva tossuderia i el fet que el secretari de l'Ajuntament no tingués elements jurídics prou sòlids per sustentar la negativa a l'obertura de l'obrador, va fer que se li lliurés la llicència d'activitat a contracor i de mala gana, però finalment va poder començar a treballar i vendre els primers dolços. Ja havien passat sis anys d'ençà que havia obert el seu establiment i, malgrat uns començaments difícils, el negoci rutllava prou bé i tenia una clientela molt fidel, no solament de Sant Vicenç sinó també dels pobles dels voltants. Certament, les discussions absurdes el treien de polleguera.

Tots varen acceptar que el senyor Puigdemont tenia tota la raó del món, es varen dividir en dos grups i varen convenir de voltar el poble en sentit radial, arribant fins al cementiri i la riera, i tornar-se a trobar en aquell mateix lloc al cap d'una hora.

Els dos grups iniciaren la recerca, cridant cadascú ben fort el nom dels seus fills, però els únics que responien als crits eren els altres veïns del poble, alarmats per aquell escàndol en aquelles hores de la nit.

–Què passa?

–No heu vist pas per casualitat el meu fill?

–No us heu trobat amb la meva filla?

Però ningú no en sabia res. A mesura que els grups de pares passaven pels carrers cridant el nom dels seus fills, més i més veïns s'afegien a la comitiva donant també veus d'alerta. Al cap d'una hora, ja havien buscat per tots els carrers i places, havien passat per la carretera fins a la riera, s'havien apropat als masos que hi ha a tocar del poble i havien voltat per la banda de l'església i del cementiri, però sense cap resultat. Altra vegada eren al punt de partida amb la desesperació a la cara.

–Anem a la guàrdia civil –va dir el senyor Manuel Portes, el pare de l'Àngela.

Això no va fer gens de gràcia al senyor Sala, el pare de l'Enric. Tot i que no tenia res a dir dels membres del destacament que hi havia al poble, sempre havia estat del parer que amb aquesta gent com més pocs tractes millor. És clar que els que hi havia ara no eren els mateixos que el varen maltractar de paraula i obra quan va tornar de l'exili, però, tot i així, era sempre recelós amb el poder del tricorni.

–No sé si pot ser una bona idea ficar-hi la guàrdia civil pel mig...

Però tots els altres ho tenien clar.

–Nosaltres hi anem. Els nostres fills han desaparegut i nosaltres no hem estat capaços de trobar-los malgrat haver voltat tots els racons d'aquest poble. Necessitem ajuda. Ara bé, si no vols venir és cosa teva.

El pare de l'Àngela, el senyor Portes, el va convèncer.

–Us acompanyo.

I la comitiva dels pares dels nens desapareguts, amb altres veïns que els acompanyaven, adreçà les seves passes cap a la caserna de la guàrdia civil, una construcció més aviat rònega situada als afores del poble.

Va sortir a rebre'ls el sergent Leopoldo Robledo, un home de caràcter força afable que solia compartir amb els veïns partides de cartes al cafè de dalt. Feia trenta anys que era al poble, on havia arribat des del poble sevillà de Dos Hermanas acompanyant el seu pare, a qui havien traslladat a Sant Vicenç de Pujals amb motiu de la instal·lació de la nova línia del ferrocarril. Aquell home havia estat guàrdia civil amb el govern de la República i ara ho era amb el nou règim del general Franco. Amb tot, però, mai no havia tingut cap problema greu si s'exceptua aquella batuda del senglar de l'any passat en què per un error humà es va produir una víctima mortal. Va ser un cas de mala sort. Un caçador va sentir fressa, uns matolls que es movien, li va semblar veure el cap d'un senglar i va disparar, però la bala va impactar directament al cap d'un component del grup que s'havia deturat en aquell racó per culpa d'un mal de ventre sobtat. Era ben clar que allò havia estat un accident desgraciat, però vet ací que del jutjat d'instrucció li demanaren informes, certificats, papers i més papers, i això sense comptar amb les insinuacions d'haver tapat massa prematurament l'expedient sense investigar si darrere d'aquella mort hi havia alguna cosa més que un dispar fortuït. En un poble on mai no hi passava res, aquell accident va ser tot un esdeveniment i els rumors i els comentaris maliciosos varen durar sis mesos llargs.

El sergent Robledo, amb aquell deix andalús en el parlar que no havia perdut malgrat tants anys de vida al poble, va preguntar de què anava tota aquella moguda de veïns a aquelles hores de la nit.

–Els nostres fills. Han desaparegut els nostres fills.

És l'única cosa que va entendre ben clarament enmig d'aquell garbuix de veus que demanaven ajuda. Finalment, però, va cridar més fort que ningú, va imposar el silenci i va demanar que només un d'ells parlés i li expliqués el problema. Podria ser qualsevol, però el carter del poble, el senyor Florenci Folgueroles, va pensar que li tocava a ell. Li va dir que tots s'havien estranyat que els seus fills no fossin a casa a les nou del vespre, que s'havien esperat més d'una hora i que després havien optat per fer les comprovacions a les cases dels pares de tota la colla d'amics, però en tots els casos amb resultats negatius. Aleshores s'havien dividit en dos grups i havien escorcollat tots els racons no solament de la vila sinó també dels afores, del cementiri i els marges de la riera. Havien desaparegut i no sabien què fer.

El sergent Robledo el va escoltar amb molta atenció. De tant en tant anotava alguna cosa en una llibreta petita com havia vist fer en alguna pel·lícula i feia cara de preocupació. Quan el senyor Folgueroles va acabar el seu relat, va pensar que, en aquell moment i en aquelles circumstàncies, el millor que podia fer era calmar els ànims.

–No es preocupin. Els trobarem.

Segon dia
Dilluns

HAVIEN PASSAT la nit arraulits en un racó, tremolant, plorosos i espantats. La por i la gana els havien fet consumir una part dels aliments que duien a la motxilla per berenar, i després el mateix cansament els havia fet adormir. Sons agitats, algun crit enmig de la gran foscor. Més plors. L'Enric, tot i les queixes dels companys, havia tancat la llanterna perquè les pampallugues que feia indicaven clarament que ben aviat s'acabarien les piles i no en duia de recanvi. Ningú no deia res, però l'Enric podia sentir perfectament la respiració forçada, tallada per uns plors ara continguts. No podia veure les cares dels seus amics, que jeien ben a prop seu, però tanmateix va pensar que fóra bo comprovar la presència de tots.

–Joan?

–Sí, sóc aquí.

–Àngela?

–Sí.

–Narcís?

Es va espantar en no sentir la resposta del seu amic.

–Narcís? –va repetir.

Aleshores va contestar.

–Ho sento, Enric.

–Maria?

La resposta de la Maria va ser una altra pregunta per a la qual l'Enric no tenia cap resposta preparada.

–I ara què farem?

–Doncs, francament, no ho sé. Potser el millor és esperar que ens vinguin a buscar.

Va encendre un moment la llanterna, just uns segons per donar un cop d'ull al rellotge que duia posat, el regal que li va fer la mare quan va complir els tretze anys.

–Són les set del matí del dilluns. A hores d'ara els nostres pares i darrere d'ells mig poble ens deuen estar buscant. Segur que només serà qüestió d'hores que ens trobin i ens rescatin. I quan ens trobin...

–Què vols dir? –La Maria sempre preguntava, sempre volia saber.

–Doncs que ni als teus pares, ni als meus ni a cap dels altres els haurà fet gens de gràcia la nostra escapada. Que ja ens podem anar preparant perquè ens castigaran, ja ho crec que ens castigaran.

Tots eren conscients que rebrien un càstig per la seva entremaliadura i cadascun en el seu interior va començar a imaginar quin seria el seu. Diumenges sense sortir, l'assistència obligatòria als casals de la parròquia, unes bufetades... La proposta d'en Narcís els va retornar a la realitat del moment.

–Jo proposo que no ens quedem aquí, sinó que

intentem sortir. Si hem entrat, bé que devem poder sortir, oi?

L'Enric se sentia culpable de la situació però també responsable de tots ells i no acabava de veure clara la proposta del seu amic.

–És perillós, ja ho heu vist. Com més voltes fem, més ens perdem. Segur que tota la serralada està foradada i, si és així, segur que com més caminarem més ens allunyarem.

–Jo estic d'acord amb en Narcís. Ho hem d'intentar. –La veu de l'Àngela semblava decidida.

–I si ens perdem? –va preguntar la Maria.

–Ja ho estem, de perduts, maca. No sé si te n'has adonat, d'aquest petit detall. –La intervenció d'en Joan va ser determinant perquè l'Enric, finalment, es decidís.

–D'acord. Però tots agafats l'un amb l'altre. Mentre les piles aguantin aniré al davant fent llum amb la lot, però el que farem serà deixar penyores pels llocs on passem i així anirem delimitant els camins i els corredors.

Dit i fet. Varen fer bocins alguns mocadors i els trossos resultants els feren servir com a senyals per indicar els llocs per on anaven passant. L'Enric duia la llanterna, que ara s'encenia, ara s'apagava, i al seu darrere els altres quatre agafats l'un de l'altre amb por, però tanmateix amb la determinació de trobar aquella sortida tan desitjada. Caminaven molt a poc a poc, ja que la llum de la lot no era gaire bona i perquè l'Enric volia comprovar cada racó, cada trencall, amb l'esperança de trobar algun senyal de vida exterior. Però caminaven i caminaven, seguien passadissos de roca, sense veure res més que la llum de la llanterna i sentir els gemecs i les respiracions dels propis cossos.

En un moment donat, l'Enric es va deturar en sec i va manar silenci.

–No heu sentit això?

Ningú no havia sentit absolutament res.

–Silenci. Jo sí que he sentit una fressa. És aquí davant mateix.

El grup avançava ara amb molta més precaució i en un silenci absolut. De sobte, l'Enric va dirigir la llanterna cap al sostre de la cova i va saber immediatament d'on provenia la remor que havia sentit una estona abans. Penjats dalt mateix dels seus caps, hi havia una colònia de ratpenats que, en veure's descoberts, varen sortir volant i provocant, alhora, el pànic entre els cinc, que després d'un instant d'astorament varen començar a cridar i a fugir d'aquell niu de mamífers voladors. A l'Enric li havia caigut a terra la llanterna i tot i que continuava encesa, la llum que desprenia era minsa i fantasmagòrica. Recuperat de l'ensurt inicial, l'Enric va agafar altra vegada la llanterna i va il·luminar les cares dels amics per tal de comprovar que hi fossin tots. Els ratpenats havien abandonat el seu amagatall, però ara un altre problema s'afegia als molts que ja tenien.

–La Maria no hi és!

Efectivament, els tres nois i l'Àngela es varen mirar els uns als altres i varen poder comprovar

que en aquella diminuta estança que fins aquell moment havia servit de niu als ratpenats no hi havia cap rastre de la petita.

–Maria! Maria! Maria!

Tots quatre cridaven al mateix temps, tant per fer-se sentir per la Maria com per treure's del damunt l'ensurt que havien passat. Però no hi havia resposta de la nena que havia fugit en veure com aquelles bèsties alçaven el vol. Aleshores, l'Enric els va dir molt seriós que l'anava a buscar, però que la resta no es mogués del lloc on eren.

–Si estem junts ens en sortirem. Ara torno.

I va sortir refent el camí per on havien passat feia una estona. Se'n va adonar que era el mateix pels senyals que havien deixat amb esquinços de roba. Mentre caminava, cridava ben fort el nom de la Maria amb l'esperança de trobar-la ben aviat. Però no va ser fàcil localitzar-la. La nena s'havia ficat en un racó apartat del camí i, tot i sentir les veus, era incapaç de respondre. Els seus propis plors ofegaven els seus crits d'auxili i va ser només quan l'Enric va passar just pel seu costat que va sentir gemecs. La va trobar arraulida en aquell racó, va il·luminar la seva cara plorosa i la va tranquil·litzar.

–Anem amb els altres, Maria. Tot anirà bé.

Els altres tres no s'havien mogut del lloc tal com els havia demanat l'Enric, però era evident que la proposta de cercar una sortida no acabava de funcionar. La por que tornessin els ratpenats va fer que reculessin fins al lloc on havien trobat una mena de promontori que els podia servir per descansar.

–I ara què?

La pregunta d'en Narcís no podia tenir resposta. L'Enric havia llançat amb ràbia la llanterna contra la paret quan havia comprovat que les piles s'havien esgotat irremeiablement i la lot es convertia així en un trasto inútil. Els seus amics jeien estirats a la roca, enmig de la foscor, utilitzant les motxilles com a coixí. Varen passar hores en silenci, un silenci només trencat de tant en tant per algun sanglot compulsiu. Va ser l'Enric qui va trencar aquella quietud amb un raig d'optimisme.

–Els ratpenats ens han espantat però tanmateix ens han dit alguna cosa.

–Què vols dir? –La Maria ja feia estona que havia parat de plorar i hi tornava amb les preguntes.

–Doncs molt senzill. Que per algun lloc deuen haver entrat aquestes bèsties, no us sembla?

A l'Àngela no li acabava de fer el pes l'argumentació del seu amic.

–És clar! Pel mateix forat per on vàrem entrar nosaltres, però com trobar-lo? Això si és que aquests animalons no fan vida aquí dins. Recordo que en una ocasió a classe de ciències naturals el profe ens va explicar que els ratpenats viuen sempre en la foscor i que si veuen la llum del dia es poden morir. També diuen que són com els vampirs, que s'alimenten de la sang dels vius...

–Ja n'hi ha prou! Encara ens faràs agafar por a tots.

–Ets un poruc, Joan! –va engegar-li l'Enric mentre continuava cavil·lant sobre els ratpenats i la possibilitat de trobar una sortida–. El cert és que han sortit disparats, potser perquè els hem espantat, però també és possible que en la seva fugida cerquin el forat de sortida que també busquem nosaltres.

Tots varen trobar que aquell era un argument prou convincent.

–I què suggereixes que fem? –li va preguntar la Maria.

L'Enric ja feia estona que ho tenia clar.

–Que reculem fins on eren els ratpenats. Recordo perfectament la direcció que han agafat i serà justament la mateixa que agafarem nosaltres i que ens haurà de portar cap a la sortida. Si tot va bé, ben aviat veurem la llum del sol.

Aquelles paraules varen tenir la virtut d'injectar noves dosis d'ànim a tot el grup, que malgrat el cansament i l'angoixa es va disposar a seguir el mateix camí per on havien sortit volant els ratpenats.

LES FAMÍLIES i molts veïns del poble havien passat la nit recorrent els horts i els camps de conreu, havien entrat a les granges i havien cridat la seva desesperació enmig de la foscor sense obtenir resposta. Després d'haver descansat un parell d'hores, a trenc d'alba varen decidir que calia fer una recerca més racional i, sota el comandament del sergent Robledo, es varen organitzar quatre grups amb instruccions ben precises. Tots sortirien de davant de l'Ajuntament i tornarien al cap de cinc hores al mateix lloc en cas que la recerca hagués estat infructuosa. Si un dels grups trobava els nens, aleshores tornaria immediatament al poble, ho diria al mossèn i aquest faria repicar les campanes, donant així el senyal a tots els altres. El pla de recerca era molt senzill: el primer grup aniria cap al nord i escorcollaria les masies, resseguiria les cunetes de la carretera fins a arribar a les mines de la font picant. El segon es dirigiria al sud, als camps de blat de moro i als avellaners, fins al cementiri, que també haurien d'escorcollar, fins i tot l'interior dels nínxols sense ocupar. El tercer faria la part est del municipi, és a dir, la riera, el camp de futbol, els fruiters i, finalment, el quart grup buscaria pel bosc del vessant oest del municipi, particularment la zona de castanyers i les masies abandonades.

Cinc hores després d'haver-se iniciat aquella recerca, els quatre grups es retrobaven novament a la plaça, davant la porta de l'Ajuntament, les cares llargues, una sensació de ràbia i d'impotència al cos.

–És com si la terra se'ls hagués empassat.

L'expressió espontània del pare de l'Enric va suscitar un seguit de comentaris d'assentiment, sense saber, és clar, que darrere la frase s'hi amagava una veritat dramàtica que en aquells moments cap dels presents a la plaça no podia tan sols sospitar. Entre els quatre grups havien mobilitzat una seixantena de veïns i ara tots ells parlaven, discutien i assenyalaven noves estratègies de recerca, cridant cada vegada més fort, de tal manera que va arribar un moment que es feia difícil entendre què deia l'un o l'altre. El sergent Robledo es va imposar finalment amb aquella veu de tenor que tenia i va manar silenci.

–A veure si som capaços de callar i calmar-nos tots plegats! Que un responsable de cada grup entri a l'Ajuntament. Farem una reunió al despatx del senyor alcalde per tal que cadascun pugui informar de com ha anat la recerca en el sector que tenia encomanat. A veure si fem les coses bé d'una vegada!

Quan el sergent Robledo estava un xic alterat, li quedava una cara enrogida i congestionada. Alguns varen intentar protestar per allò que consideraven una pèrdua de temps ja que era evident que cap dels grups havia aconseguit trobar la mainada, però finalment varen accedir a explicar al sergent i a l'alcalde què havia passat en aquelles cinc hores de recerca infructuosa.

Al pare de l'Enric no li feia cap mena de gràcia estar allí davant l'alcalde i el guàrdia civil perquè els dos personatges li recordaven massa coses del passat i d'un present que tampoc li agradava, però el pensament cap al seu fill i els altres nens aconseguiren vèncer els seus recels inicials i va explicar fil per randa les seves passes i les del seu grup durant aquelles cinc hores. Els va dir que primer havien escorcollat les tres cases que hi ha als afores i també els magatzems sense cap mena de resultat, després varen mirar tots els racons a banda i banda de la carretera, fins i tot els canyars, i, finalment, arribaren a la font picant i baixaren fins a les mines d'on s'obté l'aigua per embotellar, però res de res.

Després va ser el torn del pare de la Maria, que era qui manava el segon grup, que va anar cap al sud. Ells varen comprovar pam a pam tots els camps de blat de moro i els avellaners i després varen anar al cementiri, on un grup de cinc homes es va dedicar a mirar dins els nínxols buits, no fos cas que s'hi haguessin amagat i els hagués passat alguna cosa, però també hagueren de tornar amb les mans buides.

El pastisser senyor Puigdemont va explicar que s'havien dedicat gairebé tota l'estona a mirar el fons de la riera i molt especialment la part de dalt en què es forma una gorga bastant fonda. En aquest punt, dos homes es varen despullar i s'hi varen llançar per comprovar el fons de la bassa. Només hi varen trobar dos pneumàtics vells i unes ampolles de Coca-Cola.

Finalment, el pare de l'Àngela va explicar amb llàgrimes als ulls que havien regirat el bosc de dalt a baix, però que només varen aconseguir espantar una parella que s'estava besant a l'ombra d'un castanyer.

L'alcalde i el sergent gairebé no havien interromput en cap moment les explicacions d'aquells pares, enfonsats per la desaparició dels seus fills, i havien escoltat amb la màxima atenció tots els detalls de la recerca, però no ho acabaven d'entendre. Com era possible que un grup de tres nens i dues nenes desapareguessin sense deixar rastre?

–Però, no han vist res d'estrany, algun foraster sospitós, algú que els fes mala espina?

No, no hi havia res, llevat, és clar, d'aquell parell de joves que anaven amb bicicleta pel camí forestal de la font picant i duien unes enormes motxilles lligades al seient posterior, segons va recordar en aquell moment el senyor Sala. Aquella revelació va fer obrir uns ulls com unes taronges al sergent Robledo.

–Ep! Això pot ser una pista.

Ell mateix es va posar davant la màquina d'escriure que hi havia al despatx de l'alcalde i va demanar al senyor Sala que fes una descripció al més exacta possible d'aquells dos ciclistes sospitosos.

–Això de sospitosos ho diu vostè, que quedi clar. Jo no els vaig trobar pas sospitosos. Sempre n'hi ha, de ciclistes, per la font picant. A més..., sospitosos de què? No pensarà vostè que...

–Ho sento, no podem descartar cap hipòtesi.

Una vegada va tenir llest el full amb la descripció dels dos joves que circulaven amb una motxilla de grans dimensions, va trucar a la comandància de la ciutat i va demanar la col·laboració del destacament de trànsit i de la patrulla rural per tal de trobar els sospitosos. Ja descartaria en tot cas la seva implicació en la desaparició dels nens una vegada els hagués interrogat.

Tercer dia
Dimarts

–TINC més gana.

De fet ja feia moltes hores que s'havien repartit bocins dels entrepans preparats per al berenar del diumenge i ara els estómacs tornaven a reclamar aliment, tot i que fins aquell moment tots havien callat la seva fam. Va ser la Maria qui d'una manera planera, sense exigències, com aquell que demana el berenar en arribar a casa, va expressar allò que tots sentien.

Des de feia molta estona seguien asseguts en un sortint de pedrís, completament a les fosques. Calia organitzar d'una manera raonable el menjar que quedava dins les motxilles, però per fer-ho necessitaven un lloc més còmode que aquell i, a ser possible, amb un xic més de llum. L'Enric va proposar-los de retornar pel passadís que havien deixat enrere, perquè recordava haver vist un lloc on podrien estar més còmodes.

–Estirem primer una mica les cames, d'acord? –va dir tot incorporant-se a les palpentes i fent-se orientar per la veu.

Els altres varen rondinar i algú va protestar tímidament, però tots ja havien acceptat des del primer moment el lideratge de l'Enric, així que també es varen alçar, es varen agafar l'un amb l'altre i el varen seguir. Varen girar cap a l'esquerra uns vint metres i després varen seguir per un passadís pel qual es varen haver d'ajupir fins que de sobte aquest s'eixamplava i es convertia en un recinte més espaiós.

–Ens quedem aquí? –va preguntar en Joan.

L'Enric s'havia aturat intentant endebades entrellucar un raig de llum enmig de tanta foscor, com si volgués comprovar que no hi hagués un altre niu de ratpenats.

–No ho heu notat? –va preguntar l'Enric.

–Si hem notat què? –varen respondre els seus amics.

En lloc, però, de contestar, l'Enric va obrir la seva motxilla i va treure una capsa de llumins.

–Per què vols els mistos? Vols dir que en farem prou per il·luminar el camí? –va preguntar l'Àngela.

–No heu notat que des d'aquest punt se sent un corrent d'aire? Doncs ara sabrem d'on ve.

I dient això va encendre un llumí que va alçar per damunt del cap. Tots aguantaven la respiració, amb la mirada posada ara en aquella petita flama que, efectivament, oscil·lava ostensiblement.

–És en aquella direcció! –va cridar l'Enric.

Varen seguir el rastre del corrent d'aire que assenyalava la flama del llumí. Quan aquesta s'apagava, n'encenien un altre i així fins a consumir-ne catorze. Finalment, però, aquell rastre va conduir-los al seu origen.

–Allí, allí!

Era un crit de salvació, la il·lusió compartida de veure després de tantes hores de foscor un raig de llum, la claror de dia que es filtrava per una de les parets de la roca. Era al final d'un passadís que formava una mena de cul de sac, a l'acabament del qual hi havia una escletxa diminuta, de menys de mig pam d'amplada per on entrava la claror tan desitjada. Tots cinc s'hi varen abocar cridant els seus pares, demanant auxili, però mitja hora després es varen donar per vençuts. Els seus crits retrunyien dins la cova, però arribaven completament esmorteïts a l'exterior, si és que hi arribaven. També varen intentar que la Maria, que era tan menuda, passés per aquella obertura, però ben aviat es varen adonar que era completament impossible ja que pel forat només hi passava una mà i encara amb prou feines.

–Segurament aquest forat deu portar a la part superior de la serralada, un indret molt feréstec i de difícil accés. I, per altra banda, només ens podrien sentir si hi hagués algú aquí fora, just a morro del forat, la qual cosa no sembla que sigui fàcil, oi? Bé, aprofitem que tenim claror de dia per repartir-nos el que ens queda del berenar. Perquè suposo que encara us queda alguna cosa de menjar dins les motxilles...

L'Enric va contemplar la misèria que havia apa-

regut del fons de les bosses dels seus amics. Mig entrepà de formatge que duia la Maria, un bocí de botifarra negra d'en Joan, un parell de pastes que en Narcís havia agafat del mostrador de la pastisseria, una cantimplora d'aigua gairebé plena i el tros que quedava del fuet i el piló d'avellanes que havien de ser el berenar d'en Joan.

–I tu no portes res? –varen preguntar a l'Àngela.

L'Àngela es va posar a plorar. Se sentia com la traïdora del grup pel fet de no poder aportar absolutament res.

–És que jo no bereno mai... –va excusar-se entre sanglots cada vegada més forts.

–Però bé que fa unes hores t'has menjat un bocí de l'entrepà de la Maria, eh? –li va engegar en Joan.

L'Enric es va erigir en líder i home de pau. De cap manera podia permetre que en aquelles circumstàncies s'iniciés una baralla estúpida.

–No t'hi amoïnis, dona. Ens repartirem el que tenim com a bons germans. I tu, Joan, fes el favor de no enredar la troca.

Dit això i calmada una mica l'Àngela, varen procedir a fer partions tant del que quedava dels entrepans com de les avellanes, del bocí de fuet i dels dolços, bo i racionant també l'aigua de la cantimplora.

–Ara ja no ens queda res per menjar ni per beure. Què farem si no ens troben?

S'havien quedat allí, sota la claror que provenia de l'obertura a la roca, asseguts en una rotllana, tristos, abatuts, veient que la claror començava a minvar, la qual cosa els advertia que s'acostava el capvespre. Una altra nit lluny de casa, tancats en vida en aquell forat de roca. L'Enric va intentar que el desànim no s'apoderés del grup.

–No us preocupeu. Ens trobaran, n'estic segur. Bé que varen trobar aquell nen que es va estimbar al penya-segat...

–Què t'empatolles, tu ara? –En Narcís no semblava que estigués gaire d'humor.

–No coneixeu la història? Sabeu per què, d'aquest penyal, se'n diu la Roca del Corb?

Llevat d'en Narcís, els altres estaven molt interessats a saber-ho, així que l'Enric es va repenjar a la roca i va explicar als seus amics la història que un dia va sentir de boca del seu avi.

–Fa molts i molts anys, uns nens també varen pujar aquí dalt, segurament per fer una excursió, per fer la berenada o amb ganes d'aventura, tant és. El fet és que mentre eren dalt de tot del penyal es va produir un esllavissament de roques i tots cinc es varen precipitar pel penya-segat. Quatre dels nens varen poder tornar al poble pel seu propi peu amb algunes ferides però sans i estalvis. El cinquè, però, va desaparèixer. Tot i que immediatament es varen formar patrulles de rescat, no hi va haver manera de trobar-lo ni viu ni mort. El cridaven, «Baldiri!, Baldiri!», però res de res. Era com si la terra se l'hagués cruspit.

–Com ara nosaltres, vols dir?

–Vols fer el favor de no interrompre el meu relat, Narcís? Bé, si us sembla, doncs, continuaré. –Una vegada va haver comprovat que l'escoltaven amb interès va prosseguir.– Això mateix, com ara nosaltres, però amb la diferència que el nen desaparegut per força havia de ser a l'exterior i no gaire lluny d'on s'havia produït l'esllavissada. L'endemà es varen repetir les patrulles que varen rastrejar el bosc però amb el mateix resultat negatiu. I sabeu per què? Doncs perquè aquell nen, en Baldiri, havia caigut pel pendent de terra i roques fins a arribar al fons d'un barranc, on havia quedat estabornit i amagat per un bardissar. I allí era, ferit, ensangonat, quan des del cim de la roca un corb va veure el seu cos ple de nafres i s'hi va llençar en picat. En pocs segons el corb va arribar fins on era en Baldiri, es va posar damunt el seu pit i... sabeu què va fer?

–Se'l va menjar! –va exclamar la Maria.

–Això és el que normalment solen fer els corbs, oi? –L'Enric tenia ara l'audiència dels seus amics fascinada pel relat.– Doncs aquest no ho va fer. En lloc de picar la carn ensangonada, va estripar-li un tros de la camisa, se la va posar al bec i va sortir volant cap al poble. A la plaça hi havia un grup d'homes i dones que justament discutien sobre la millor manera de continuar la recerca quan varen veure un corb negre que se'ls acostava i deixava caure aquell bocí de roba de la camisa. La mare d'en Baldiri la va reconèixer immediatament com la que duia el seu fill quan va pujar a la muntanya i va comprendre immediatament que allò era un senyal. A la roba hi havia sang i es varen pensar el pitjor: que era mort i que els corbs s'havien cruspit el cos. L'ocell negre, però, en lloc de marxar volant s'havia quedat en un balcó de la plaça, com si esperés que aquella gent acabés les discussions. Va ser la mare del nen qui va comprendre immediatament les intencions del corb. «Seguim-lo», va dir, «i ell ens portarà fins on és el nostre fill.» I dit això la dona es va posar a caminar darrere del corb, que ja havia tornat a emprendre el vol. El corb volava però s'aturava de tant en tant per comprovar que la gent el seguís, fins que després d'una hora de camí varen arribar al contrafort de la muntanya. Aleshores, l'ocell va volar una estona descrivint una circumferència al cel, volava en cercles però al mateix temps que volava anava baixant fins a tocar gairebé les fulles dels arbres de tal manera que assenyalava perfectament el camí a seguir. I així va ser com gràcies a un corb, que tothom tem o menysprea, varen poder trobar en Baldiri just en el moment que començava a recuperar el coneixement. Entre tots el varen baixar al poble i des d'allí el traslladaren a l'hospital de la ciutat, on es va poder refer de les seves ferides. Des d'aquell dia, d'aquesta roca, se'n diu la Roca del Corb, com una mena d'homenatge a aquell ocell salvador.

Ja s'havia fet de nit. Altra vegada tornaven a estar a les fosques. El relat, però, havia estat una mena de bàlsam que havia ajudat a la necessària relaxació d'uns cossos joves sotmesos a excessives tensions.

–Ara intentem dormir. Bona nit.

MENTRESTANT, al poble s'havia organitzat una autèntica cacera dels dos ciclistes sospitosos. La guàrdia civil va posar controls a les carreteres, es varen donar avisos als pobles veïns i s'havia passat la descripció dels dos joves a totes les comandàncies de la província. I, és clar, el dispositiu policial va donar els seus fruits.

Els dos joves, completament aliens a tota aquesta moguda, seguien el seu camí en bicicleta. Havien deixat feia estona la pista forestal i ara circulaven tranquil·lament per la carretera comarcal quan, de sobte, es varen trobar una barrera formada per dos vehicles i una dotzena de guàrdies que els apuntaven amb fusells metralladors.

–Alto! Alto!

Els dos joves es varen espantar, varen perdre l'equilibri i varen caure de la bicicleta. Els guàrdies immediatament els varen rodejar i en pocs segons ja els tenien presos i amb les manilles posades. Joves i motxilles foren introduïts dins un cotxe cel·lular que va sortir disparat cap a la comandància de la benemèrita. Una vegada arribats al quarter, els guàrdies els varen conduir a una sala petita, sense ventilació, on només hi havia una taula i quatre cadires. Els varen deixar allí dins, sense treure'ls les manilles, unes dues hores. Era el procediment habitual que utilitzaven amb els delinqüents i tenia com a finalitat principal minar la seva voluntat, desorientar-los i preparar-los per a l'interrogatori posterior.

Quan ja havien passat les dues hores, va entrar a l'habitació un home de mitjana edat, força robust, que lluïa un gran bigoti. No duia uniforme sinó un vestit de color blau marí molt elegant. Era un policia dels que anomenaven «de la secreta», especialista en interrogatoris a detinguts especialment perillosos.

–Jordi Llenes i Francesc Coromines. Us dieu així, oi?

Evidentment havien escorcollat les bosses i havien trobat la documentació dels nois.

–Es pot saber per què ens han detingut? Què se suposa que hem fet nosaltres? Potser el llum de la bici no cremava?

La broma li va costar un mastegot. El policia de paisà va deixar-li una galta ben vermella i poques ganes de seguir pel camí de les ironies.

–Les preguntes les faig jo, entesos? Bé, si ho teniu clar, començaré. On anàveu i amb quines intencions?

Els dos nois es varen mirar i varen respondre a l'unísón:

–Anàvem a l'estany de Sant Marçal per acampar i passar-hi uns quants dies. Com fem cada any.

–I els sacs de dormir, el menjar, les llanternes, les cantimplores, les llaunes de tonyina, els ganivets, tot el munt de coses que dúieu a les motxilles era per a l'acampada?

–Cony, és clar, per a què vol que siguin?

Li va saltar un altre mastegot. Aquell home no tenia gens de sentit de l'humor.

–Ara us faré una pregunta i vull una resposta clara i concreta. Si em dieu la veritat podreu marxar, però si em mentiu us passareu aquesta nit i totes les que facin falta al calabós. Què en sabeu, d'un grup de tres nens i dues nenes d'entre els deu i els tretze anys? Els heu vist? Sabeu on són?

Els dos joves ciclistes començaven a estar espantats de debò. No sabien absolutament res d'aquella desaparició, però intuïen que n'havia passat alguna de grossa, la policia anava a les palpentes i els havien enxampat a ells. La seva resposta va ser unànime i rotunda.

–No hem vist ningú, llevat d'una parella que festejava als jardins de la font picant. De nens, res de res, podem jurar-ho.

En aquell moment varen entrar una nota al policia interrogador. Era l'informe que havia demanat sobre la identitat dels joves. Els dos eren de la capital, fills de famílies acomodades, sense cap antecedent delictiu. Uns bons xicots. Havia estat, doncs, un error la seva detenció.

Varen deslliurar-los de les manilles, els varen retornar les bicicletes i les motxilles, i els varen deixar al carrer sense ni tan sols demanar-los disculpes per aquella equivocació i menys per les dues plantofades.

MENTRE ELS JOVES CICLISTES retornaven a casa seva perquè ja els havien passat les ganes d'anar d'acampada a l'estany, els pares dels desapareguts es reunien amb l'alcalde del poble, amb el sergent Robledo, mossèn Miquel i alguns amics comuns que des del primer moment els havien fet costat en aquella dissort. No s'acabaven de creure que aquell malson fos real, que els seus fills no haguessin aparegut encara i que ningú no hagués pogut donar cap pista mínimament fiable d'on paraven. Certament, alguns veïns els havien vist pels volts de les tres de la tarda a la placeta de Sant Miquel, però aquella era una imatge ben habitual d'uns nens fent-la petar, rient o jugant. Un altre veí del carrer de la Llebre va declarar que li semblava haver vist un grup de nens que duien unes bosses o motxilles passant tots decidits per sota els porxos de la plaça cap als afores del poble.

I a partir d'aquí, res més. El misteri més absolut. Cap rastre, cap altra informació que ajudés a elaborar tan sols una hipòtesi, per estrambòtica que fos.

Els pares, desesperats, reclamaven informació i més mitjans per continuar la recerca dels seus fills desapareguts.

–Més mitjans, més homes, especialistes... Necessitem ajuda.

L'alcalde era un home completament abatut. Va acceptar en el seu moment la proposta del governador civil de fer-se càrrec de l'Ajuntament com a primera autoritat municipal no només perquè aquella decisió l'omplia d'orgull sinó perquè sabia prou bé que aquell era un poble tranquil, on mai no hi passava res que fes alterar el comportament dels seus mil i escaig habitants. Els veïns eren gent acostumada a la rutina d'anar tirant, a una mena de fatalitat congènita i a un pessimisme gairebé hereditari que encaixava perfectament amb el seu tarannà certament peculiar, impregnat segurament pels condicionaments de la vila, que la feien escassament atractiva. Situada al bell mig d'una vall gens pròspera, amb uns conreus sempre deficitaris i voltada d'unes carenes rocoses que provocaven una sortida tardana del sol i una posta precipitada, tot plegat eren elements geogràfics que amb el temps anaren configurant el caràcter dels seus habitants fent-los poc sociables i, fins i tot, desagradables amb els pocs forasters que gosaven posar-hi els peus. Fins ara, però, tot havia estat tranquil, però la desaparició d'aquells vailets amenaçava de fer perillar la beneïda rutina del poble.

–És clar que posarem més mitjans. Ja he parlat amb el senyor governador civil i m'ha promès ajuda. Segurament aquest vespre o com a molt tard demà al matí arribaran alguns soldats que ajudaran a rastrejar la zona. També m'ha comunicat que les emissores de ràdio donaran *partes* a les notícies del *Diario hablado* del migdia i del vespre i que els mitjans de comunicació ajudaran a difondre les novetats que es vagin produint.

–Vol dir amb això, alcalde, que convertiran la desaparició dels nostres fills en un espectacle? –El senyor Folgueroles estava realment encès.

–No, no és això, però heu de comprendre que la notícia d'aquesta estranya desaparició ja ha circulat i no podem evitar que se'n parli. Demà sortirà a tots els diaris i aquest mateix matí ja ho han donat per Radio Nacional de España. A partir d'ara val més que us acostumeu a veure gent de la premsa i la ràdio amb blocs a la mà fent preguntes a tort i a dret pel poble.

–Estem ben arreglats! –va ser l'expressió gairebé unànime dels presents.

Quart dia
Dimecres

LES TASQUES DE RECERCA dels nens desapareguts van fer que algunes famílies que havien estat enemistades per culpa de la Guerra Civil i les repressions posteriors es tornessin a parlar. Ara els unia un dolor més fort i més profund, una angoixa persistent fruit de no saber res dels seus fills i això, per primera vegada en molts anys, pesava molt més que els rancors històrics de batalles perdudes en l'odi i el ressentiment. Ara, però, homes i dones que feia anys que no es dirigien la paraula feien esforços per salvar l'abisme de la incomunicació en un gest de solidaritat entre uns pares desolats que havien perdut els seus fills.

A les set en punt del matí es varen reiniciar les tasques de rastrejar, aquesta vegada, però, amb més efectius i agafant un radi molt més ampli que incloïa tant els boscos del vessant est, com les mateixes serralades rocoses. Com els havia dit l'alcalde, també varen arribar al poble periodistes dels mitjans de comunicació freturosos per escriure o relatar el reportatge de l'any que prometia ser la trobada dels desapareguts. Els corresponsals de les emissores de ràdio retransmetien les impressions de tothom que se'ls posava davant, mentre que la premsa escrita preferia entrevistar, sense massa escrúpols tot sigui dit, els pares dels nens i de les nenes fent-los preguntes relacionades amb els seus fills que eren, lògicament, doloroses.

–Era entremaliat el seu fill?

–Era la primera vegada que marxava de casa, la seva filla?

–Què li sembla que els pot haver passat?

–Diria que són vius?

–Creu que els trobaran avui mateix?

I així anaven escometent amb preguntes els pobres pares, que ja no sabien què fer per treure's del damunt aquella fauna àvida de respostes que ells no podien donar. D'altres escrivien allò que anomenaven «cròniques d'ambient» parlant del poble, dels seus cultius, dels avellaners, els fruiters, els boscos i els perills que aquests amagaven, citant, en algun cas, aquell succés que havia passat feia temps del caçador que va matar per accident un veí seu.

I mentre els periodistes escrivien les seves cròniques còmodament asseguts en una taula del cafè, els quatre grups compostos de veïns, soldats i guàrdies civils, escorcollaven cada pam de terreny, no solament dels camps de blat de moro, sinó també dels boscos d'alzines a banda i banda del poble fins a arribar als contraforts del massís rocós. Tot i que portaven dos gossos que segons el

seu amo podien flairar el rastre dels nens, anaven molt a poc a poc, ja que les instruccions eren d'estar molt a l'aguait de qualsevol element que pogués donar una pista fiable, un esquinç de roba, una petjada, una sabata perduda, un bri d'esperança.

A mesura que passaven les hores, però, el desànim s'anava apoderant de tots els que participaven a les tasques de recerca. No obtenien cap resposta als crits que anaven fent a mesura que avançaven pel bosc, cap pista que assenyalés la presència o el pas dels nens, res de res.

A les nou del vespre varen donar per concloses les tasques de recerca. Tothom estava molt cansat i, malgrat les protestes dels pares que volien seguir, el sergent Robledo va ordenar que abans de tornar cadascú a casa seva tots posessin alguna penyora per tal de delimitar el perímetre que s'havia escorcollat i així no haver-lo de fer altra vegada l'endemà.

–Demà serà un altre dia –va dir amb resignació.

–Demà els nostres fills poden ser morts –li va engegar el pare de l'Àngela.

Però el sergent Robledo va fer com si no l'hagués sentit. Què li havia de dir? Com podia fer-li entendre que els homes estaven cansats, que en aquelles circumstàncies no podien continuar buscant? Que compartia els seus sentiments de pare? No va dir res, és clar. Va acabar la feina de delimitar el perímetre de recerca, va donar algunes instruccions als seus homes i se'n va tornar a la caserna. Només d'entrar al seu despatx s'hi va trobar aquell periodista tafaner.

–Ho sento, senyor Rovira, però no tinc notícies fresques per a vostè.

En Sebastià Rovira era un veterà periodista d'*El Caso*, una publicació especialitzada en casos d'assassinats, estafes, robatoris, violència en general. Era la revista de successos per excel·lència i tenia la fama d'estar tan ben informada que fins i tot en algunes ocasions els policies s'havien assabentat d'alguns fets a través de les seves pàgines. Per altra banda, als investigadors els interessava estar bé amb els periodistes d'*El Caso,* ja que moltes vegades utilitzaven els articles periodístics per introduir-hi elements que podien fer d'esquer i així detenir després els delinqüents. El cas més recent i segurament el més espectacular d'aquesta mena de col·laboració tàcita, fou la detenció dels segrestadors d'un industrial del ram dels perfums. Aquell havia estat un segrest molt llarg, una captivitat de 267 dies, que va acabar amb l'alliberament de l'industrial després que la família pagués una quantitat important com a rescat. La guàrdia civil sospitava que un dels cervells de la banda podia haver estat una persona que treballava d'interventor en una entitat bancària, el qual tindria com a còmplice un dels comptables de l'empresa propietat del segrestat. En aquella ocasió, l'ajuda del periodista Sebastià Rovira va ser cabdal. Va accedir a publicar una informació sobre el cas, en la qual s'hi deien coses com ara *«la policía sigue la pista de un em-*

pleado de banca que podria tener relación con el caso». Aquesta informació va fer posar molt nerviosos els delinqüents, de tal manera que l'interventor bancari va trucar al seu còmplice.

–Manuel, has llegit *El Caso*?

–Sí, és clar. Tu, tranquil, no et posis nerviós. No tenen res de res, van a les palpentes.

–D'acord. Els diners estan ben guardats? Recorda que no podem gastar ni cinc fins que passi almenys un any. I valdrà més que no ens vegin mai junts, entesos?

Naturalment, els serveis d'informació de la guàrdia civil ja s'havien preocupat de tenir intervinguts els telèfons dels dos sospitosos, que varen caure a la trampa com dos ocellets. D'ençà d'aquella col·laboració, el senyor Rovira era una persona ben considerada per tots els comandaments policials ja que en qualsevol moment podien necessitar els seus serveis. El sergent Robledo ho sabia prou bé i per aquesta raó no el va fer fora del despatx com el cos li demanava, sinó que el va atendre amb tota amabilitat.

–Hem estat rastrejant tota la zona però no hem trobat res de res. És com si la terra se'ls hagués empassat. Ho sento.

El periodista Sebastià Rovira també ho sentia. No solament pel reportatge periodístic que es perdia sinó perquè ell també tenia un fill, l'Oriol, un vailet despert, intel·ligent i entremaliat que estava a punt de complir nou anys i aquesta circumstància el feia sentir molt més a prop dels sentiments d'aquella gent. La publicació per a la qual treballava es podia incloure en allò que s'anomena premsa sensacionalista, és a dir, amb un tractament periodístic que destacava per damunt de tot els aspectes més escabrosos d'un crim, manipulava quan li convenia els sentiments de la gent, entrava en la intimitat de les persones i furgava en el dolor aliè. En Sebastià Rovira coneixia bé el seu ofici, sabia donar les voltes als casos que tenia entre mans per tal que els seus milers de lectors tinguessin sempre la seva dosi d'informació elaborada de tal manera que provoqués indignació, ràbia o compassió segons quina fos la finalitat darrera que es volia pretendre en cada moment. En aquell cas, però, sentia que estava més a prop dels veïns preocupats que no pas dels col·legues d'ofici àvids de reportatges suculents. Des de la direcció de Barcelona ja feia estona que li havien reclamat que els passés material per publicar, però era evident que si les coses no canviaven en les properes hores només podria enviar una crònica de circumstàncies explicant l'angoixa dels pares dels nens desapareguts, l'ansietat de tota la gent del poble i els esforços de les autoritats per trobar-los. Un reportatge que no tingués problemes amb la censura, és clar. Abans, però, d'agafar el telèfon i dictar la crònica, va tenir aquella idea que tal vegada podia aportar llum enmig de tanta foscor.

–Sergent, ja sé que estan fent tot el que poden i més, però... ja han pensat d'utilitzar la Silveria?

El sergent Robledo sabia perfectament què li estava proposant el periodista i va estar dubtant durant molta estona. Per una banda, reconeixia que en altres casos havia funcionat, però també era veritat que si no resultava faria el ridícul més espantós i cosa pitjor encara, amb tots els mitjans de comunicació allí per certificar en directe el seu fracàs.

–Mmm... No sé si és una bona idea. Suposo que vostè deu voler posar-hi un xic de pebre, al contingut del seu article, oi?

–El que jo vull, com vostè i com tots, és que ben aviat es puguin trobar els nens sans i estalvis abans que sigui massa tard.

El raonament del periodista va fer efecte.

–D'acord. Provem-ho.

El sergent Robledo va cridar el seu ajudant i li va donar instruccions precises perquè anessin a buscar la Silveria, a ser possible amb la màxima discreció. Però això, és clar, tal com estaven les coses al poble era molt difícil.

L'ESPURNA D'ESPERANÇA que havia il·luminat la cara dels nens en trobar l'escletxa a través de la qual es filtrava la claror del dia i els permetia veure el cel, s'havia anat apagant a mesura que passaven les hores. S'havien cansat de cridar a través d'aquella obertura natural de la roca i de comprovar que ningú sentia els seus crits d'auxili. Durant la nit s'agrupaven tots cinc i d'aquesta manera combatien la humitat que impregnava els seus cossos. Dormien una mica, es despertaven pel crit angoixós d'algun d'ells, els plors de la Maria o els laments persistents d'en Narcís. Les hores passaven lentes, desesperants. L'Enric es va adonar que era del tot necessari fer alguna cosa que ajudés a aixecar els ànims dels seus companys d'infortuni. Calia fer alguna activitat, no deixar-se vèncer pel pessimisme perquè allò podia ser la mort de tots ells, així que calia sortir d'aquell forat que els anava consumint.

–Escolteu! No ens podem quedar eternament en aquest racó. Ja hem comprovat que, malgrat que aquest forat comunica amb l'exterior, és ben evident que ningú no ens pot sentir o sigui que cal continuar buscant una sortida.

–Però, Enric, ja ho hem mirat tot, estem cansats... –En Narcís semblava recollir el sentir de tots els altres.

–Si ens quedem aquí ens morirem de gana, de set, de desesperació. Ens hem d'espavilar. He pensat que si hi ha aquesta escletxa que va a l'exterior, segur que n'hi deu haver d'altres i potser alguna serà prou ampla perquè puguem passar-hi. Ara sabem que aquesta és la paret exterior de les coves. El que proposo és que anem seguint els passadissos que ressegueixen la roca de l'exterior i no endinsar-nos per a res a les bifurcacions que condueixen cap a l'interior.

–Tu ens has portat aquí... –El comentari de l'Àngela era més aviat una constatació que no pas un retret.

–I jo us en trauré, us ho prometo.

La idea de l'Enric no solament era raonable sinó que va contribuir a aixecar un xic els ànims de tot el grup. Anant amb molt de compte, es varen tornar a posar en marxa, deixant enrere aquella escletxa que els havia donat claror, i ara tornaven cap a la foscor. Caminaven resseguint, però, la que suposaven que devia ser la paret exterior del massís rocós, amb l'esperança de trobar alguna obertura que els permetés sortir d'aquell infern. Anaven molt a poc a poc, calculant cada una de les passes. La foscor era gairebé total ja que pràcticament havia desaparegut del tot la claror de l'escletxa que havien deixat darrere seu.

–Merda, merda! –va exclamar l'Enric.

–Què passa ara? –En Joan va fer la pregunta, però era evident que sabia la resposta.

–No veig un borrall. Haurem d'anar en fila índia i sense deixar-nos. Seguiu-me.

I varen continuar arrambats a la paret, amb l'esperança de trobar ben aviat una altra escletxa que fos almenys com la que havien deixat enrere. De sobte, l'Enric va veure davant seu com una mena de raig de claror intensa i va poder confirmar que les seves suposicions de l'existència d'altres obertures eren certes. Va apressar el pas i va encomanar als altres el seu entusiasme. Efectivament, el raig provenia d'una cavitat al fons de la qual hi havia un forat que donava a l'exterior. La descoberta d'aquesta nova escletxa els va posar molt contents, però ben aviat es varen adonar que, tot i que era un xic més ampla i llarga que l'altra, tampoc era possible que hi passés un cos, ni que aquest fos petit i prim com el de la Maria. La constatació de la impossibilitat de sortir va provocar un nou desànim entre el grup, que es tornava a trobar en la mateixa situació d'abans. Només la descoberta d'en Narcís va aconseguir injectar una petita dosi d'esperança.

–Figues, són figues!

Efectivament, en Narcís, que també era escanyolit, havia intentat sortir per aquell minúscul forat exterior, però l'única cosa que havia aconseguit era estendre al màxim possible el seu braç fins a tocar unes branques, de les quals n'havia despenjat un bon piló de figues. A banda i banda del forat hi creixien, incrustades a la roca, troncs de figuera que donaven els seus fruits, els quals foren arreplegats per en Narcís fins allà on el seu braç va poder arribar. No van ser suficients per calmar la gana que tots tenien, però almenys van poder distreure el buit dels seus budells per la manca continuada d'aliment sòlid. A més de les figues, aquella escletxa va proporcionar-los una altra descoberta vital per a tots: l'existència d'una petita bassa d'aigua en un racó de la cova, sens dubte provinent de la pluja que s'havia filtrat per la roca. En circumstàncies normals cap d'ells ni l'hagués tastat, però no solament no varen fer-ne fàstics sinó que la varen trobar extraordinàriament bona.

Malgrat que encara faltaven alguns dies perquè les figues acabessin de madurar, el fet de poder menjar aquells fruits i beure aquella aigua de pluja els va donar uns ànims renovats. Tampoc podien sortir per aquella obertura i malgrat els seus crits semblava que ningú no podia sentir-los.

–No ho entenc, si aquí fora hi ha una figuera, devem d'estar en algun lloc habitat, no?

L'Enric era de tots ells qui millor coneixia aquells entorns. La pregunta de la Maria semblava lògica, però no es corresponia amb la realitat d'aquelles plantacions.

–Les figueres no solament creixen als camps conreats, Maria, sinó també en llocs feréstecs i, molt especialment, enmig de formacions rocoses. Aquestes figues, però, ens donen una pista sobre la nostra situació.

–Què vols dir? No estem a la Roca del Corb? –La preocupació de l'Àngela era també la preocupació de tots.

–Estem molt lluny de la Roca del Corb. Oi que no heu vist cap figuera quan hem pujat al cim? –Davant del silenci expectant dels altres va continuar:– Doncs això vol dir que ens hem allunyat moltíssim i ara devem estar al massís dels Tres Rocs o molt a prop. És l'únic lloc que jo conec on hi ha aquest tipus de figueres que creixen enmig de les roques i que fan figues abans de temps.

Aquesta revelació va generar sentiments contradictoris. Per una banda, per primera vegada aconseguien tenir una percepció real de la seva situació en el conjunt de l'interior d'aquell massís rocós de la banda est de la vall però, per l'altra, aquest descobriment, en lloc d'encoratjar-los els entristia encara més en adonar-se que la seva recerca es devia estar fent molt lluny d'aquell lloc on ara es trobaven.

–I ara què farem?

L'Enric se sentia cada vegada més i més culpable d'aquella situació, però també sabia que justament per aquest motiu no podia defraudar-los. El problema era que no tenia ni idea del que calia fer. Va mirar la cara dels seus amics i hi va veure l'angoixa reflectida en les seves mirades, uns ulls ja enfonsats pel cansament, per la manca d'aliment, per la por. Va estar a punt de plorar, però era conscient que la seva debilitat en aquells moments podia enfonsar definitivament les escasses resistències dels altres, així que va treure forces d'on no n'hi havia.

–Passarem la nit aquí. Descansarem i demà buscarem la sortida. Segur que la trobarem.

La veritat era que no ho tenia gens clar, però quina altra cosa els podia dir?

Cinquè dia
Dijous

L'ARRIBADA DE LA SILVERIA va ser-ho tot menys desapercebuda. La varen portar directament al quarter de la guàrdia civil, on ja hi havia un munt de periodistes que l'esperaven.

–No podem convertir això en un circ!

Però els advertiments de les autoritats eren inútils davant els flaixos de les màquines de retratar i les empentes de tots els periodistes i corresponsals de ràdio per aconseguir un bon lloc a l'interior de la sala que s'havia preparat en honor d'aquella senyora que arribava precedida de fama i de polèmica.

La Silveria Madrigal Dos Santos era una mèdium i la veritat és que feia ostentació de tal condició. Era una dona d'uns seixanta anys, alta i robusta, vestia sempre de negre i es cobria el cap amb un mocador de colors llampants que feia joc amb unes enormes arracades en forma d'estrella. Al coll hi duia una cadena d'or blanc de la qual penjaven un crucifix i una pedra ovalada de color blau cel. Tot i la seva complexió física, era una persona de moviments ràpids, s'imposava mitjançant gestos enèrgics i els seus ulls verds eren com dues maragdes que trencaven la monotonia de la seva negra vestimenta.

La Silveria era la filla única d'un matrimoni que havia emigrat del Brasil i s'havia instal·lat a Barcelona, on varen posar un comerç dedicat a la venda d'espècies de tota mena. Seguint el desig patern, la Silveria va entrar a la universitat, va començar estudis de medicina, però no va poder acabar la carrera ja que la sobtada mort dels pares a causa d'un brot maligne de pneumònia atípica la va deixar al davant del negoci familiar. Amb el temps, però, es va vendre la botiga d'espècies i es va dedicar en cos i ànima a curar malalts mitjançant combinats d'herbes que ella mateixa preparava. Aquests remeis varen tenir molta acceptació i ben aviat es va trobar recorrent pobles i viles del país venent els seus productes curatius. Des de sempre va saber que tenia dots de vident, però només en comptades ocasions les havia utilitzat i sempre com a complement i ajuda en algun cas extrem d'alguna família necessitada fins que un dia, un periodista tafaner es va posar en el seu camí i la va fer famosa a través d'uns reportatges publicats a les pàgines d'*El Caso*.

Per alguns era una farsant que només servia per entabanar la gent mentre que d'altres afirmaven que tenia poders màgics, que els seus ulls podien veure-hi molt més enllà, que entreveia els esdeveniments abans que aquests es produïssin i que era capaç d'endevinar el futur. En alguna ocasió el periodista Sebastià Rovira havia utilitzat els seus serveis, no tant per aconseguir resoldre els casos, sinó per bastir i completar la informació periodística que havia elaborat. En una d'aquestes ocasions, la seva participació fou deguda a la desaparició d'unes importants obres d'art, uns quadres de Rubens per ser més exactes, els quals havien estat sostrets del domicili particular d'un acabalat banquer. La policia no tenia cap pista, no sabia per on començar a buscar i a en Sebastià Rovira se li va ocórrer portar la Silveria a la redacció del diari i fer amb ella una sessió monogràfica dedicada al cas, que li serviria per donar una mica de notorietat al reportatge periodístic que tenia preparat i que, francament, fins aquell moment estava quedant força pobre. La Silveria, però, es va concentrar en les imatges de les fotografies dels quadres de Rubens desapareguts i després d'una bona estona de profunda meditació, va descriure un carrer i un magatzem. El periodista ho va comunicar a la policia i aquesta, òrfena d'altres pistes per seguir, va provar amb allò que els oferia en Rovira, amb tanta fortuna que, efectivament, en el magatzem visionat per la mèdium hi varen trobar les obres d'art intactes i allí mateix varen poder detenir els tres lladres que havien robat els quadres. Animat pel magnífic reportatge que va poder escriure gràcies a la resolució d'aquell cas, el periodista va continuar utilitzant els serveis de la mèdium, de tal manera que la senyora Silveria es va convertir amb el temps en una mena de col·laboradora externa de la publicació, les opinions de la qual sempre eren seguides amb gran interès per part dels lectors.

Amb aquells antecedents era ben natural que hi hagués una enorme expectació a la petita sala de la caserna de la guàrdia civil de Sant Vicenç de Pujals tan bon punt va córrer la notícia que la Silveria Madrigal Dos Santos havia acceptat col·laborar en la recerca dels nens perduts. Allí s'hi havien aplegat els pares de les criatures, els corresponsals dels mitjans de comunicació que s'havien desplaçat al poble per cobrir aquell cas, l'alcalde, els regidors, el sergent, el caporal, els guàrdies del destacament i també nombrosos veïns que no es volien perdre l'espectacle. Quan la senyora Silveria va veure tot aquell xivarri, ho va tenir clar.

–Massa gent.

–La senyora Silveria té raó –va concedir el sergent Robledo–, que tothom foti el camp.

–Vostè pot quedar-se, sergent –va dir la senyora–. Ah! I també que es quedi el periodista Sebastià Rovira. Els altres, fora.

Naturalment, els periodistes es varen queixar del tracte de favor que rebia el seu col·lega d'*El Caso,* però finalment varen haver d'acceptar les condicions que posava la mèdium. Un cop tothom va ser fora, el periodista i el sergent de la guàrdia civil varen condicionar la sala seguint les instruccions de la Silveria: una taula i una cadira orientats a l'est, finestrons tancats, habitació a les fosques amb un únic punt de llum indirecta i, per damunt de tot, silenci absolut.

Quan va estar tot al seu gust, la dona va refregar-se per les mans peces de roba dels nens que ella havia demanat: un jersei de l'Enric, una camisa d'en Joan, un mocador de l'Àngela, uns mitjons d'en Narcís, una brusa de la Maria. Ho tocava, ho flairava i després es quedava una bona estona amb els ulls tancats, immòbil. El sergent Robledo i el periodista Rovira eren en un racó de la sala, preparats amb els blocs i els bolígrafs a punt per anotar qualsevol revelació que d'un moment a l'altre pogués fer aquella dona amb poders ocults. De sobte, la Silveria va posar els ulls en blanc, la cara se li va transformar completament i una veu que no era la d'ella va començar a parlar:

–És fosc, molt fosc. Tenen por, pobrissons meus, tenen molta por.

Altra vegada silenci. Una pausa molt perllongada i va tornar la veu.

–Estan desorientats en la foscor, però ara veig un xic de claror enmig de tanta obscuritat.

En Sebastià Rovira ja havia tingut dues sessions com a periodista amb la Silveria i sabia quan podia interrompre-la i així forçar la seva visió.

–On són? Ens pot dir on són? Què veu ara mateix?

–Tot és molt fosc, només una escletxa de llum els il·lumina la cara. Estan molt dèbils, no resistiran gaire temps, els hem de treure d'allí, els hem de treure!

–Però, on carall són?! –El sergent començava a impacientar-se.

La Silveria es tornava a concentrar, feia autèntics esforços per fixar en la seva ment la localització dels nens, que sens dubte tenia gravats a la seva memòria prodigiosa, però una i altra vegada fracassava en el seu intent.

–No puc, no puc! Els veig però no puc distingir el lloc on es troben. És massa fosc, massa fosc!

El periodista va comprendre que aquell camí era tancat i va intentar fer marrada. En una ocasió havia funcionat i també podia anar bé aquesta vegada.

–D'acord, és fosc, però què hi ha al seu voltant? Algun objecte? Com és el terra? I les parets?

La senyora Silveria feia esforços per captar unes imatges que semblaven fugisseres. La tensió era elevada dins l'habitació.

–Sí... Ara ho veig... Pedra i més pedra, foscor i roca i, al fons, un petit raig de llum. I la cara dels tres nens i les dues nenes... Pobrissons... Els heu de treure d'allí!

–Però, hi ha algú més amb ells? Potser algú que els vigila?

Era evident que les preguntes del sergent Robledo s'endinsaven directament en la possibilitat d'un segrest massiu, hipòtesi que mai no havien bandejat del tot.

–No, no veig ningú més amb ells. Estan sols. Sols amb les seves pors i el seu desconcert.

I a partir d'aquesta resposta la senyora Silveria va tenir com una mena de desmai i quan es va recuperar semblava no recordar res del que havia dit uns minuts abans. El periodista i el sergent Robledo li varen dir que els havia ajudat molt en les investigacions i que segurament la seva contribució podria ser decisiva per aconseguir recuperar sans i estalvis els nens. «Tant de bo, tant de bo», va dir la dona i se'n va anar enmig de la mateixa expectació respectuosa amb què l'havien rebut en arribar.

Una vegada va ser fora la mèdium, els investigadors varen procedir a analitzar les seves paraules. Foscor, solitud, roques, un raig de llum...

–Em sembla que no hem avançat gaire. Avui la Silveria no tenia el dia fi.

El sergent feia broma amb el resultat de la sessió, però el periodista Sebastià Rovira havia estat testimoni de l'efectivitat de les seves visions amb anterioritat i podia donar fe que les percepcions de la dona eren autèntiques i, per tant, les seves paraules de feia una estona eren peces disperses, però tanmateix podien amagar la solució de l'enigma. A fora els pares de les criatures esperaven notícies del resultat de l'entrevista amb la senyora Silveria, perquè de la comprensió del contingut de la sessió en podia dependre la vida o la mort dels seus fills.

–Si li sembla, sergent, ho repassarem una altra vegada. No estan segrestats, no tenen ningú que els vigili, estan sols, tenen por. Hi està d'acord? –El sergent va fer que sí amb el cap.– Bé, seguim. Foscor, roques, un raig de llum... Què li diu tot això?

–Un pou. Són dins un pou que té les parets de pedra i des del fons veuen la llum, la claror.

El comissari Oliver s'havia desplaçat expressament a Sant Vicenç per incorporar-se a la investigació ja que la seva experiència en altres casos de desaparicions es va considerar que podia ser de molta ajuda. La seva hipòtesi del pou encaixava amb les paraules de la mèdium, però de fet ja s'havien escorcollat tots els pous de les masies del poble i també els d'altres municipis veïns amb resultat negatiu.

–Caldrà tornar a escorcollar tots els pous de la vila, però tot i admetre que és la hipòtesi més plausible, no acabo de...

En Sebastià Rovira es va tallar en sec. Parlava mentre veia per la finestra com les ombres de la nit s'anaven apoderant del paisatge. Es va girar de cop.

–Què és allò? –va preguntar tot esverat assenyalant la muntanya que tenia al seu davant.

–Què vols que sigui? –L'alcalde s'havia incorporat a la reunió i ara se'l mirava tot estranyat.– La Roca del Corb a l'esquerra, el penya-segat de Santa Brígida al mig, el massís dels Tres Rocs a la dreta... Vols que segueixi amb la lliçó de geografia?

El periodista, però, estava molt excitat.

–Són allí, en algun lloc d'aquells penyals. Que no ho veieu? Roques, coves dins les roques, foscor. Potser estan perduts a l'interior de coves, poden veure l'exterior però no poden sortir-ne. Coincideix amb el que ha dit la senyora Silveria. Hi han anat les patrulles de recerca?

–Ahir vàrem fixar el perímetre escorcollat just

als contraforts del cim rocós però sense arribar dalt de tot. –El sergent Robledo començava a entendre el raonament del periodista.

–La veritat és que sempre s'ha parlat de l'existència de coves en aquell indret, fins i tot s'ha dit que va servir d'amagatall d'homes i armes durant la guerra, però personalment no puc ni confirmar-ho ni tampoc desmentir-ho. Ja sabeu que en aquest poble són molt llançats a l'hora d'inventar històries i llegendes.

Es va fer el silenci. En aquell moment el pensament de tots els presents era el mateix: si hi havia tan sols una possibilitat que fos certa la hipòtesi de l'existència d'unes coves allí dalt i que els nens s'hi haguessin perdut, pagava la pena comprovar-ho.

–Què els diem, als pares que s'estan esperant fora? –va preguntar el periodista.

–Que demà continuarem buscant. I que començarem per la Roca del Corb!

–TENIM molta gana.

Aquest era un lament repetit i sistemàtic que es feia present a tot el grup de nens amb dramàtica intensitat. L'Enric se sentia culpable d'aquella situació i intentava cercar aliment d'allà on no n'hi havia. Va dir als seus amics que l'esperessin sense moure's i durant bona part del matí es va dedicar a resseguir la paret rocosa buscant una sortida o, almenys, altres escletxes amb l'esperança que alguna fos prou ampla per poder-hi passar un cos. No en va poder trobar cap, però almenys no va tornar de buit. En un altre racó de la caverna va descobrir l'existència d'uns bolets comestibles de l'espècie dels rossinyols, d'una mena que es pot trobar fins i tot a l'estiu en zones humides. Era ben poca cosa, però ateses les circumstàncies, aquella troballa va aconseguir elevar unes mil·lèsimes els ànims de la colla.

–No ens faran mal? –A l'Àngela no li feia bona espina el seu aspecte.

–No us preocupeu, conec molt bé aquests bolets. O és que no us fieu de mi?

Els seus amics sabien prou bé que l'Enric ajudava, i molt, a les feines de pagès de casa seva i, per tant, era qui millor coneixia les plantes del bosc, els arbres, els cultius i, per descomptat, els bolets, o sigui que no varen gosar contradir-lo.

–I com ens els menjarem? –La pregunta de la Maria posava el dit a la nafra d'un nou problema.

–Els courem –va dir convençut l'Enric.

I per evitar noves qüestions i discussions va començar a treure el braç per l'escletxa exterior i a trencar les branques que podia abastar. En pocs minuts va aconseguir fer un piló amb fulles seques i alguns troncs, a punt per fer un foc. Després va agafar la cantimplora buida de la motxilla d'en Joan i va començar-la a aixafar a cops de roc de tal manera que va convertir-la en una mena de recipient. Miraculosament els llumins que encara els quedaven eren prou secs i al tercer intent va aconseguir encendre'n un. Immediatament la flama va prendre a les fulles, el foc va agafar després als troncs més petits i també a les branques més gruixudes. A poc a poc el fum que inicialment s'havia acumulat es va anar dissipant i ja amb un foc viu varen posar els bolets dins la cantimplora aixafada i l'Enric els va anar remenant molt a poc a poc fins que varen estar ben cuits. Se'ls varen repartir a parts iguals i a tots els va semblar el menjar més exquisit que havien tastat en molt temps. El foc es va apagar ben aviat, però durant aquella estona va aconseguir mantenir tot el grup reunit davant les restes cendroses.

L'Enric va intentar aixecar els ànims dels seus amics, va explicar algun acudit que en circumstàncies normals els hauria fet esclatar de riure, però la tristor i uns cossos debilitats per la fatiga no eren proclius a la gresca. L'Enric intuïa perfectament que en aquelles circumstàncies els pitjors enemics eren el desànim i l'apatia i, per tant, calia estar sempre ocupats en alguna cosa. Estava convençut que se'n sortirien, d'aquell mal tràngol, i intentava transmetre la seva energia positiva a la resta de la colla, però massa sovint el seu impuls vital rebotia una i altra vegada contra un mur de desesperança. El foc s'havia apagat i, amb ell, les poques forces que els quedaven. Els bolets havien fet l'efecte d'entretenir la gana, però no l'havien fet desaparèixer. L'Enric va tenir clar que si es quedaven allí potser els trobarien, però morts.

–Anem –va dir.

–A on? –va preguntar en Narcís.

–Anirem fins on he trobat els bolets. Allí he vist una circulació d'aigua subterrània que sembla conduir a una cavitat de grans proporcions. Hi ha una mica de claror perquè també he vist un parell d'escletxes que donen a l'exterior. Crec que aquell és el camí que ens portarà fora.

Sense esperar el consentiment dels seus amics, donant per fet que aquella era la millor opció, l'Enric va agafar unes branques que no havien cremat, les va ajuntar, va embolicar-les amb la seva pròpia camisa i va fabricar una rudimentària torxa.

–El camí és molt fosc –va dir a tall de justificació mentre iniciava la marxa.

Els altres el varen seguir, és clar. Quina altra cosa podien fer? L'Enric obria pas procurant que la seva improvisada torxa no s'apagués. Varen caminar una bona estona, tocant sempre la paret rocosa de la seva esquerra que els donava l'orientació cap a l'exterior, tot procurant no ensopegar i caure per algun dels avencs que s'obrien a la banda dreta del camí. Finalment varen arribar a una cavitat de dimensions molt considerables a la qual, efectivament, hi arribava un xic de claror que provenia d'unes escletxes a les roques que donaven a l'exterior del que sens dubte era un dels cingles de la serralada.

–Calleu!

L'Enric va posar l'orella a la paret rocosa. Molt dèbilment se sentia un piular d'ocells.

–Són xoriguers i roquerols. Fan els nius de fang aprofitant les esquerdes de les roques. Això vol dir que hem anat baixant ja que aquests ocells nien a les zones inferiors de les serralades.

–Molt bé. Estem francament impressionats dels teus coneixements, però ara què fem?

En Joan tenia raó. El descobriment dels nius d'ocells no significava necessàriament que hi hagués a prop una sortida a l'exterior, però el piular d'aquells xoriguers va tenir la virtut d'injectar una espurna d'esperança. Calia, però, continuar la recerca. Tot procurant que la torxa no s'apagués del tot, varen decidir d'explorar en tota la seva extensió aquella cova on ara es trobaven. A mesura que caminaven la cavitat s'anava fent més gran i també més clara, però no hi havia rastre de cap obertura que fos prou ampla per poder sortir a l'exterior.

Tornaven a estar en un cul de sac. Era, certament, un lloc molt més espaiós però continuaven estant atrapats entre parets de roca.

–Merda, merda!

Mentre maleïa la seva mala sort, en Narcís no parava de donar puntades de peu a terra fins que va topar amb allò que els va glaçar la sang a les venes.

–Aaaah!

–Què passa? –L'Enric s'hi va acostar amb la torxa. Ja gairebé era apagada, però la claror va ser suficient perquè tots veiessin amb un espant creixent la naturalesa d'aquella troballa.

En Narcís havia donat una puntada de peu a un crani i a les restes d'un esquelet humà.

Sisè dia
Divendres

A TRENC D'ALBA un grup nombrós de veïns prèviament seleccionat va iniciar l'ascensió cap al cim de la Roca del Corb. El grup el formaven els pares de la mainada desapareguda, els investigadors del cas, la mèdium que havia acceptat d'acompanyar-los, el sergent i el caporal de la guàrdia civil, l'alcalde i tres regidors de l'Ajuntament, dos metges i gairebé la totalitat dels periodistes que s'havien desplaçat al poble per cobrir la informació. El capellà, mossèn Miquel, també s'hi va voler afegir però l'alcalde li ho va impedir.

–Vostè no pot venir. S'ha de quedar a l'església perquè en cas de trobar-los li farem un senyal amb un mirall des de dalt estant i vostè farà repicar les campanes. D'acord?

El capellà va entendre aquella raó de pes i va acceptar resignat el seu paper. La comitiva anava equipada amb farmacioles, lliteres plegables, mantes i tot allò que els va semblar que podien necessitar atenent les previsibles condicions en què trobarien la mainada. Si els arribaven a trobar, és clar.

Una vegada varen arribar a l'esplanada de Can Vinyes, varen pujar pel caminoi que conduïa directament al cim. Els que estaven poc avesats a caminar, esbufegaven de cansament, però cap membre del grup va protestar pel ritme de la marxa ja que tots tenien ganes d'arribar dalt de tot i començar la recerca de les coves del massís on podien haver-se perdut els nens.

Una vegada varen ser dalt del cim, varen iniciar la recerca, comprovant pam a pam el massís rocós fins que ben aviat algú va cridar:

–Aquí, aquí!

Havien trobat el mateix avenc per on havien entrat els nens. Era possible que fossin allí dins? Varen cridar els seus noms des de fora estant, però no varen obtenir resposta, així que varen acordar que només baixarien quatre homes proveïts de bones llanternes per orientar-se en la foscor i que si els trobaven donarien immediatament avís. El grup el formaven el comissari Oliver, el sergent Robledo, el periodista Sebastià Rovira i el pare de l'Enric, que era de tots ells qui millor coneixia aquelles muntanyes. Varen començar a caminar entre els passadissos de pedra, però ben aviat s'adonaren que allò era un laberint on es podrien perdre. Varen optar per cridar-los ben fort amb l'esperança que l'eco els fes arribar les seves veus.

–Enric!

–Àngela!

–Narcís!

–Joan!

–Maria!

Els seus crits retrunyien entre les parets de roca, però no hi havia resposta. Només el silenci. El silenci i la foscor. El comissari Oliver començava a dubtar que aquella excursió a la Roca del Corb hagués estat una bona idea. Va fer cridar la mèdium i, quan la va tenir davant seu, li va demanar, més ben dit, li va exigir, que es mullés.

–Digui'ns, Silveria. Hi són o no hi són? –li va preguntar assenyalant de manera genèrica el massís rocós.

La Silveria Madrigal Dos Santos va acceptar el repte. Es va concentrar, va tancar els ulls, va ordenar silenci al seu voltant i al cap d'una estona va parlar.

–Sí que hi són, però no pas aquí.

–Si no són aquí, es pot saber on carall són? –La paciència no era, justament, una de les virtuts d'aquell policia de ciutat.

–En algun lloc d'aquesta serralada, n'estic segura, però els veig massa lluny d'aquí. De fet, massa lluny per poder-los distingir clarament enmig de tanta roca i tanta foscor.

El comissari Oliver no s'ho acabava d'empassar, que aquella dona tingués poders sobrenaturals, però tanmateix era veritat que alguns casos criminals s'havien resolt gràcies a la seva intervenció. Va estar dubtant durant una bona estona sobre quina era la millor manera d'actuar en aquella situació i, finalment, es va decidir.

–Tornem –va dir.

El pare de l'Enric s'hi va oposar rotundament.

–Per què? Els nostres fills poden ser aquí dins. Jo estic convençut que aquesta dona té raó i el que passa és que estan defallits i no tenen força per contestar i fer-se sentir, però ara no els podem abandonar.

–Continuar caminant és molt perillós. Hem de recular per poder reprendre la recerca amb més garanties, no ho entén? –va contestar el policia.

El pare de l'Enric va acceptar de mala gana tornar enrere perquè ell sí que creia en la visió de la senyora Silveria, però el sentit comú també li deia que calia preparar molt millor l'expedició per explorar aquell conjunt de cavernes. A fora, però, va continuar la discussió entre els membres de l'equip.

–Això és una bestiesa. Què hi fem aquí dalt gratant coves? Qui ens ho ha dit que fossin aquí dins? No en tenim cap prova si exceptuem, és clar, les paraules d'una aprenent de bruixa que no hi toca gaire i les hipòtesis d'un periodista de successos. Res més.

Aquesta opinió d'un dels dos metges que formaven part del grup va indignar els pares de les criatures i va generar un enfrontament entre aquests, que eren partidaris de continuar la recerca per les entranyes del massís, i els qui defensaven tornar al poble i seguir les altres pistes que podien apuntar a un segrest múltiple. L'opció que finalment va prosperar, però, va ser la d'esperar l'arribada d'un expert que ajudés d'una manera científica a les tasques de recerca per l'interior de les coves.

–Necessitem algú que entengui en tasques d'exploracions subterrànies i que pugui orientar-nos bé dins aquest laberint que hi ha aquí baix, que conegui la formació rocosa com el palmell de la mà i que ens aconselli sobre el millor camí a seguir. També necessitem alguns instruments com ara una brúixola, lots potents, piles de recanvi, queviures, cordes, tot allò que ens pugui ser útil allí dins.

Els cinc pares varen haver d'acceptar la proposta. Tot allò era raonable però veien com el temps transcorria inexorablement i, amb ell, les possibilitats de poder trobar vius els seus fills.

LLUNY DE L'AVENC de la Roca del Corb on eren els seus pares, l'Enric, en Narcís, l'Àngela, en Joan i la Maria havien exhaurit les darreres forces en intentar trobar alguna sortida en els límits d'aquella cavitat. Tot feia pensar, però, que una altra vegada es trobaven en un lloc sense sortida i cap d'ells, ni tan sols l'Enric, tenia ànims per iniciar una nova recerca. Estaven tan cansats que ja ni els feia por aquell esquelet que tenien davant seu.

–A nosaltres també trigaran tant a trobar-nos? –va dir la Maria tot assenyalant els ossos que tenia davant.

No ho va dir amb mala intenció, ni amb mala fe, ni tan sols per fer broma. Ho va dir d'una manera innocent, planera, tal com li va sortir, espontàniament, però la visió d'aquelles restes d'esquelet i pensar en la possibilitat que apuntava la Maria els va provocar a tots una profunda depressió exterioritzada per uns plors que ja no podien controlar.

Aleshores, quan ja havien abandonat tota esperança i tots cinc jeien a terra defallits i desesperançats, va passar aquell fet que havia de donar un tomb extraordinari a la seva precària situació dins la cova.

–Crac, crac, crac!

Tots ho varen sentir, però estaven tan dèbils que gairebé no podien moure's d'on s'havien quedat ajaguts.

–Crac, crac, crac!

–Què és això? –va preguntar en Narcís.

–No ho sé, però prové d'aquella escletxa del fons.

L'Enric estava molt cansat, però la seva curiositat va poder més que la fatiga. Es va arrossegar com va poder fins a arribar al minúscul forat de la roca per on entrava la minsa claror que il·luminava la cova.

–Crac, crac, crac!

Era com si algú l'avisés, com si li volguessin dir alguna cosa des de l'altra banda del forat. S'hi va acostar fins a entaforar-hi la cara i aleshores el va veure. Era un corb d'un plomatge negre molt lluent, tenia el bec gruixut i unes potes amb unes ungles grosses i fortes.

–Amic meu, no crec que ens puguis ajudar gaire... –va dir l'Enric.

–Crac, crac, crac!

El corb insistia en la seva particular comunicació, però l'Enric estava tan dèbil que ni tan sols tenia esma per continuar mirant per l'escletxa. Aleshores, però, just quan ja retornava al seu lloc, va recordar la història del corb i el salvament del nen que ell mateix havia explicat als seus amics per entretenir-los i fer-los passar les hores d'infortuni. La llegenda es feia ara realitat? Era possible que aquell ocellot que tenia a l'altre costat de la roca fos també un corb que salvés vides? En la situació desesperada que es trobaven, el cert és que no tenia cap altra opció que provar sort. Es va treure de la butxaca el mocador i va estripar la part on hi havia les seves inicials. La seva mare sempre tenia la mania de gravar-li les inicials a tot arreu i molt especialment als mocadors i, ves per on, ara això podia salvar-los la vida. Va agafar el bocí de roba i el va treure per aquella minúscula obertura. Immediatament, el corb va atansar el bec negre, va arrabassar-li el pedaç de roba, va fer mitja volta i se'n va anar volant en direcció al bosc d'alzines.

–Adéu, amic meu. Ets la nostra última esperança!

Setè dia
Dissabte

EN BONIFACI RIUTORT s'havia llevat com cada dissabte a les sis del matí i mitja hora més tard ja era al bosc d'alzines acompanyat de la seva inseparable gossa Perla. En acabar la guerra, en Bonifaci havia perdut la feina d'agutzil a l'Ajuntament i per guanyar-se la vida es dedicava a buscar arrels de bruc per fer pipes, a fer carbó i, darrerament, des que tenia la gossa, a buscar tòfones al bosc. La seva especialitat era la tòfona negra, molt apreciada i que es pagava a molt bon preu, però per trobar-la calia dedicar-hi moltes hores i molta paciència. Amb tot, a l'estiu es dedicava a buscar la tòfona blanca, que era la que es trobava en aquella època de l'any.

Aquell dia s'hauria volgut afegir al grup de recerca dels nens, però li varen dir que no podia anar-hi tothom, que la gent d'una certa edat podia fer nosa, així que va optar per no trencar la seva rutina i anar al bosc. A la Perla, la seva gossa, li agradava sortir al camp i tenia un olfacte especial per trobar aquells fongs tan especials que es feien sota terra.

–Aquí, aquí, busca, busca!

I la gossa es tornava boja ensumant la terra, gratant amb les potes, lladrant, fins que en Bonifaci cavava en el lloc precís i extreia aquella mena de petits tubercles que la gent, inexplicablement, pagava a preu d'or.

Aquell dia, però, un fet gens habitual va alterar la sortida d'en Bonifaci. Mentre estava cavant al costat de l'alzina que li havia assenyalat la gossa, un corb negre com el carbó se li va plantar davant dels morros. Duia al bec una cosa blanca i el pobre animal, lluny de semblar espantat per la presència de l'home, semblava que la desitjava ja que se li acostava sense por oferint-li com a present allò que duia al bec. En Bonifaci va estar a punt d'apartar-lo d'una garrotada, però un sisè sentit li va dir que aquell no era un corb normal. Li va agafar el tros de tela blanca del bec i el corb es va allunyar fins a situar-se damunt d'una branca com si esperés resposta al seu missatge.

–Crac, crac, crac!

En Bonifaci se'l va mirar, i no acabava d'entendre què feia aquell animal.

–Mira, Perla, el que ens ha deixat aquest corb. Un bocí de tela que sembla de mocador. Espera, què és això? Hi ha unes inicials... E.S. Que estrany...

–Crac, crac, crac!

El corb va cridar impacient. Aleshores el caçador de tòfones ho va entendre.

–És clar. Que en sóc, de soca! E.S. són les inicials d'Enric Sala, un dels nens desapareguts! Au, anem, Perla, el corb ens ajudarà a trobar-los.

Com si els hagués entès, el corb va emprendre el vol vessant de muntanya amunt, seguit per una gossa que no parava de lladrar i d'en Bonifaci, que esbufegava de cansament. El corb es va posar finalment damunt d'uns arbusts molt espessos darrere dels quals hi havia un contrafort rocós. En Bonifaci va entendre el senyal i es va posar a treure les branques i els matolls fins que darrere va aparèixer un forat a la roca d'un metre d'amplada per un altre d'alçada.

–Apa, Perla, no perdem el temps. Passa cap dins. I tu, amic corb, ja pots volar i avisa els altres que som ací.

I dient això va posar-li al bec el tros de tela de mocador perquè servís de senyal al grup de recerca que era a l'altra punta de la carena.

El corb va alçar el vol altra vegada, però aquest cop va volar cap al nord, directe cap al cim de la Roca del Corb, on l'expedició de rescat ja ho tenia tot a punt per tornar a entrar a l'avenc i començar el rastreig per tot l'interior del massís. S'hi havia incorporat un espeleòleg, un expert en coves i avencs. Tenien les brúixoles i també unes llanternes molt potents per garantir una bona il·luminació a l'interior.

Aleshores va arribar l'ocell negre. El sergent de la guàrdia civil va estar a punt d'engegar-li un tret amb la seva pistola reglamentària, però el periodista li ho va impedir.

–I ara, home! Què fa? Quin mal li ha fet aquest ocellot?

–És un corb. Un ocell de mal averany!

–No digui ximpleries! Ep! Què fa ara?

El corb havia donat la volta i s'havia posat al muscle del periodista oferint-li aquell bocí de tela. Tan bon punt el periodista li va agafar del bec el trosset de mocador, l'ocell va aprofitar per sortir volant massís avall abans que algú es posés nerviós i li ventés un tret.

–Què és això? –va preguntar l'expert en coves, que s'acabava d'incorporar al grup.

–Doncs no ho sé –va fer el periodista–, sembla un mocador esquinçat. Hi ha unes inicials: E.S.

–El meu fill! El meu fill! –El pare de l'Enric va arrencar aquell tros de roba de les mans del periodista i el va reconèixer immediatament com a pertanyent a un dels mocadors del seu fill.– No hi ha dubte. És el brodat de la seva mare.

–El corb! On és aquell carall de corb que el sergent volia matar? Ell ens guiarà.

El periodista Sebastià Rovira tenia raó. El corb s'esperava a una distància prudencial, però suficientment a la vista del grup per tal que poguessin seguir-lo sense dificultat fins a arribar a la banda sud de la serralada, on hi havia una entrada més fàcil per poder accedir al sistema de coves del massís on s'havien perdut els nens.

SEGUINT EL CORB i el seu instint, en Bonifaci Riutort i la gossa havien entrat per aquella obertura amagada darrere del bardissar i s'havien endinsat pel passadís fosc i rocós fins a desembocar en una cova d'unes dimensions considerables. La cavitat rebia una mica d'il·luminació que provenia d'unes petites escletxes, però tot i així els seus ulls varen trigar a acostumar-se a la penombra d'aquell indret. Va preferir no donar més passes endavant i es va quedar palplantat enmig de la cova.

–Hi ha algú? Em podeu sentir?!

Tenia el convenciment que trobaria els tres nens i les dues nenes en aquell lloc, però com que no havia obtingut cap resposta va pensar que potser tot plegat havia estat fruit de la seva imaginació. Quan va decidir tornar enrere i sortir cap al bosc abans no s'acabés perdent en el laberint de coves, va sentir aquell lament.

–Aquí, aquí! Ajudeu-nos, si us plau.

La veu provenia del fons de la caverna. Caminant gairebé a les palpentes s'hi va atansar i allí, ajaguts a terra, amb l'única companyia d'unes restes òssies, va trobar els tres nens i les dues nenes que tanta gent i durant tant de temps havien estat buscant.

–Esteu bé? Per l'amor de Déu, no us mogueu, vaig a buscar ajuda.

–Tenim gana, estem cansats, volem sortir d'aquí, volem anar a casa...

–I és clar, pobrissons! Tranquils, ara us traurem d'aquí i podreu tornar a casa vostra. Perla, queda't amb ells i fes-los companyia.

La gossa, obedient, com si entengués perfectament la situació, es va quedar amb els nens mentre el senyor Bonifaci corria cap a la sortida per demanar ajuda. Un cop fora va cridar a cor què vols: «Aquí!, aquí!», i immediatament va rebre una resposta llunyana per part dels components del grup de rescat que s'hi atansava seguint el vol del corb.

L'ocell negre va acabar la seva missió assenyalant clarament el camí cap a l'obertura salvadora, on esperava impacient el senyor Bonifaci. Aleshores, i només aleshores, el corb es va allunyar sobrevolant el massís rocós nord enllà fins que només va ser un puntet negre a l'horitzó.

–EM SEMBLA, Ester, que haurem de començar a baixar...

–I què els va passar als nens, avi?

–Doncs resulta que s'havien desplaçat dos quilòmetres cap al sud per l'interior del laberint de coves d'aquest massís fins a arribar allí baix de tot, als contraforts de la serralada dels Tres Rocs. Quan els varen trobar, varen poder comprovar que estaven molt dèbils, però miraculosament vius. Allí mateix a la cova els varen donar aliment i algun medicament que els va permetre d'arribar en llitera fins al poble i, des d'allí, amb ambulància, els varen conduir a l'hospital, on varen romandre ingressats vuit dies. Tots es varen recuperar perfectament, sense patir posteriorment cap seqüela física ni psíquica.

–I no els varen castigar per la seva malifeta?

–Com pots suposar, els seus pares es varen alegrar moltíssim de poder-los trobar amb vida, i això, Ester, fa oblidar qualsevol motiu d'empipament. Però és més. Recordes que t'he explicat que varen trobar unes restes? Doncs va resultar ser un jaciment importantíssim per a l'estudi de la vida prehistòrica i els ossos corresponien de fet a un driopitec, una mena de simi que va viure fa uns deu milions d'anys i que, segons els entesos, podria ser l'anella perduda entre els nostres avantpassats directes que provenen de l'Àfrica i les restes de la mateixa època trobades al continent asiàtic. Els científics varen dir que aquell era un esquelet excepcional per a la investigació i varen proposar que es recompensés els autors de la troballa. Així que no solament no els varen castigar sinó que al cap de dos mesos de sortir de l'hospital els varen fer una mena d'homenatge a la sala d'actes de l'Ajuntament amb lliurament de placa d'agraïment inclosa.

–I què se'n va fer després, d'aquells nens i nenes?

–Doncs que cadascú va fer la seva vida. L'Enric no va voler fer de pagès i se'n va anar a Barcelona, va estudiar medicina i avui és un dels millors cirurgians que té l'Hospital Clínic. L'Àngela em sembla que es va casar amb un pilot d'aviació i se'n va anar a viure a Londres. I en Narcís... Bé, en Narcís ja el coneixes. És el pastisser que et fa aquells bracets de crema que tant t'agraden.

Aquella revelació va fer que l'Ester fes uns ulls com unes taronges. Un dels personatges de la història es feia de sobte real, conegut. Era l'home simpàtic que cada diumenge li deia «aquí els tens, maca» i li lliurava els pastissos. Això li va agradar, i al mateix temps la va fer rumiar. Dels cinc, el seu avi n'havia esmentat tres, o sigui que encara en quedaven dos, dels quals no havia dit res. La raó d'aquell silenci tal volta era la sospita que ara començava a niar amb força en el seu cap. Era possible que...

–Avi.

–Sí, Ester.

–L'àvia es diu Maria.

–Sí, és clar.

–I tu et dius Joan.

–I?

–És clar! Com és que no me n'he adonat abans? L'àvia i tu sou els altres dos personatges de la història! Per què no m'ho havies dit?

–Perquè sabia que tu soleta arribaries a aquesta conclusió. Efectivament, després d'allò els cinc vam estar durant molts anys més units que mai, tot i que amb el temps cadascú va fer la seva vida, un de pastisser, l'altre de metge a Barcelona... La nena Maria es va fer una joveneta de molt bon veure i sense adonar-nos-en vàrem passar de l'amistat a l'atracció entre dues persones adultes. Ens vàrem enamorar, ens vam casar molt joves i vam decidir de quedar-nos a viure al poble. Un any després naixia la teva mare... Parlant de la teva mare, quina hora és?

La nena va mirar el rellotge que tot just feia un mes li havia regalat el pare. Passaven alguns minuts de la una del migdia i encara tenien una bona tirada de camí fins a arribar al poble.

–Ja són més de la una...

–La teva mare ens matarà! Ja cal que ens afanyem. Tenim un bon tros fins a arribar a baix i ja saps que si no arribem abans de les dues començarà a patir.

–La mare sempre pateix –va dir amb resignació la nena tot iniciant el camí de baixada.

–I jo també, perquè si no arribem a temps trobarem l'arròs ben pastat!

I donant-se la mà varen començar a baixar per aquell camí estret apressant el pas al mateix ritme que les seves rialles. Deixaren enrere el massís rocós, damunt del qual un observador atent hauria pogut veure en aquell moment la figura d'un ocell de plomatge negre i lluent que movia rítmicament les ales com si amb aquell moviment volgués acomiadar-se d'aquells dos visitants que ara corrien rostos avall per no fer tard.